"La gratitud de un sheriff"

MARCIAL LAFUENTE
ESTEFANÍA

Lady Valkyrie
Colección Oeste®

Lady Valkyrie, LLC
United States of America
Visit ladyvalkyrie.com

Published in the United States of America

Lady Valkyrie and its logo are trademarks
and/or registered trademarks of Lady Valkyrie LLC

Lady Valkyrie Colección Oeste is a trademark
and/or a registered trademark of Lady Valkyrie LLC

First published as a Lady Valkyrie Colección Oeste novel.

Design and this Edition © 2020 Lady Valkyrie LLC

ISBN 978-1619516595

Library of Congress Cataloguing in Publication Data available

<u>Índice por Capítulos</u>

Capítulo 1

Habían estado discutiendo sobre el tema durante muchas horas, sin poder llegar a un acuerdo. Ambos eran intransigentes con la postura del otro, sobre lo que pensaban... No había un punto medio para lograr entenderse.

—Mi hermana está desesperada, contigo Mike... ¡Y después de escucharte, no tengo más remedio que reconocer que le sobran razones para ello!

—Créeme, Joe, y no te engaño, que me gustaría no ser reelegido en las elecciones de pasado mañana.

—¡Eso es precisamente lo que más desespera a mi hermana! Piensa que si realmente eres sincero, ¿por qué razón presentas tu candidatura?

—Nora sabe que no puedo defraudar al gobernador. ¡Confía en mí para implantar la ley y el orden en esta ciudad y evitar se transforme en un infierno!

—Tú ya has establecido, durante tu mandato como sheriff de esta ciudad, la ley y el orden. ¿Por qué no dejas que otro siga con tu obra?

—Sabes que debo mucho al gobernador y éste me ha rogado que no abandone. Confía en mi triunfo y no puedo decepcionarle.

—A veces pienso que antepones tu trabajo a tus sentimientos hacia mi hermana.

—¡Por favor, Joe! —Exclamó Mike—. ¡No hables de esa forma!

—Lo siento, Mike, pero he de ser realista. ¿Es que prefieres complacer al gobernador a hacerlo con mi hermana a la que aseguras que la quieres?

—¡Te juro, Joe, que amo a Nora como jamás he querido a nadie!

—Si es así, ¿por qué no abandonas tu cargo?

—Porque considero que no es un obstáculo para nuestra felicidad.

—Sabes bien que Nora jamás se casará contigo mientras sigas siendo el sheriff de esta ciudad. ¡Y la comprendo perfectamente!

—El que la comprendas, no quiere decir que estés en lo cierto. ¡Podemos ser felices a pesar de mi cargo!

—Ella sabe, al igual que quienes conocen esta ciudad, que ser representante de la ley aquí, supone un grave peligro... ¡Y es justo que no quiera vivir en una constante zozobra toda su vida!

—Estoy deseando casarme con ella. ¡Pero no puedo defraudar al gobernador!

—Entonces es lógico que Nora piense, que prefieres no defraudar al gobernador en vez de hacerla feliz a ella.

—Es libre de pensar lo que quiera, aunque te aseguro que no es justa.

—¿Sabe el gobernador que deseas casarte?

—No.

—¿Por qué no hablas con él?

—No, porque me diría que abandone. Y yo no

puedo hacerlo por todo lo que le debo. ¡Recuerda que gracias a él soy yo un hombre de bien!

—¡Sé perfectamente cuánto le debes! —Replicó Joe—. Pero ¿hasta qué extremo estás pensando llevar tu agradecimiento?

—No quiero seguir discutiendo. ¡Soy, aunque no lo creas, quien más sufre con cuanto está pasando! Para mí sería mucho más sencillo casarme y ser feliz al lado de tu hermana, que vivir constantemente en peligro.

—¿No hay forma de hacerte cambiar de idea?

—Aun sintiéndolo mucho, no.

—¡Pues eres el ser más terco que he conocido! —exclamó Joe.

—Mi tozudez es algo hereditario —replicó Mike, sonriendo—. ¡Recuerda que mis padres eran texanos!

—¿Qué sucederá si no eres reelegido sheriff?

Mike, dudó unos instantes, para responder:

—¡Que la ciudad tendría que lamentar tal error!

—¿Es que no consideras a tu adversario un buen hombre?

—Está impuesto por el padre de tu prometida. ¿Crees que uno puede fiarse de él?

—Aseguran que es una buena persona.

—Quien te haya informado, te ha engañado... Samy Donttas, como se llama mi oponente, no es más que un ventajista y una de las personas con menos escrúpulos que puedes conocer —replicó Mike.

—Le apoyan los propietarios de locales, ¿verdad?

—Entre ellos, el padre de tu prometida.

Joe, contemplando al amigo, frunció el ceño, preguntando:

—¿Insinúas que el padre de Sally es propietario de algún tugurio?

—En sociedad con John Jones, posee los tres locales más concurridos de esta revuelta y cobarde ciudad.

—¿Es eso cierto?

—Lo es.

—¿Quién te lo ha dicho?

—He sabido averiguarlo.

—Si es así, ¿por qué lo ocultan?

—Muy sencillo... Porque para los propósitos de tu futuro suegro, el conocimiento de ello podría perjudicarle... Un hombre propietario de tres tugurios como los que poseen, y donde se comete toda clase de delitos, no podría presentarse jamás a senador.

Joe abrió con enormidad sus ojos, replicando:

—¡Debes estar bromeando! ¿El padre de Sally intenta llegar al Senado?

—¡Sí...! ¡Y te aseguro que hoy en día, es mi peor enemigo! Me odia mucho porque sabe que no he querido actuar contra todos ellos por seguir los deseos del gobernador, pero que si siguiese mis deseos, les mataría a todos.

—No lo comprendo. ¿Cómo es posible que Sally ignore que su padre es socio de John Jones? —comentó Joe, desconcertado.

—Lo llevan en secreto y harán todo lo posible para que no se sepa.

Joe, después de una breve meditación, preguntó:

—¿Crees que es un hombre que interese a Wyoming?

—¡En absoluto!

—¿Por qué razón?

—No quisiera ofenderte.

—Habla con claridad, te lo ruego...

—¡Gregory Rodney, el padre de Sally, es la peor persona que he conocido en toda mi vida! ¡Puedo asegurarte, sin temor a equivocarme, que ha conseguido la fortuna que hoy posee, trepando por toda la escala del mal! —respondió Mike.

—¿Estás seguro de lo que dices?

—¡Lo estoy, Joe! ¡Te lo aseguro...! Y es, sin duda alguna, el más interesado en que no siga en mi puesto.

—¿Qué puede importarle que seas tú u otro el sheriff de esta ciudad?

—No ignora que he estado investigando en su pasado. ¡Y no te engaño si afirmo que no he averiguado nada más que monstruosidades acerca de él!

—Si cuanto afirmas es cierto y el padre de Sally sabe que has investigado sobre su pasado, ¿no temes que intenten actuar contra ti?

—Seguramente lo están pensando... Son peligrosos, porque como saben que de frente nunca podrían conmigo, buscarán la forma de hacerlo por la espalda... Hasta ahora no han hecho nada porque yo no les he hecho mucho daño. Todos sus asesinos y ventajistas, han podido escapar de la cuerda, porque los testigos asustados, siempre hablan bien de ellos. Suele ser el muerto el culpable.

—Por cuanto me dices, no me queda más remedio que recomendarte que dimitas y te preocupes de mi hermana. No vas a durar mucho con la estrella.

—¡No te preocupes!

—¿Tan ligado estás al gobernador?

—Sabes que le debo mucho.

—Si es que consigues el nombramiento, te vas tener que enfrentar, según lo que has dicho, a verdaderos delincuentes, y siendo así me parece espantoso que el gobernador se aproveche de la gratitud de un sheriff para hacerle que se enfrente a lo peor que exista en esta ciudad.

—No tengo miedo de hacerlo.

—¿No te asusta la fama de Samy Donttas?

—Es al que menos temo... —respondió Mike, ante el asombro del amigo—. Aunque es un miserable y un vividor, jamás disparó a traición sobre nadie... Y de frente lo sabes bien, no tengo razón de temer.

—Afirman que es un pistolero endiablado.

—Comparado con nosotros, un verdadero novato.

—En todos estos años, ¿no has tenido necesidad

de demostrar tu prodigiosa habilidad con las armas?

—Tan sólo en dos ocasiones, pero todos creyeron que lo que hice fue adelantarme a mis adversarios, a quienes encerré una temporada.

Sin dejar de hablar, se dirigieron hacia uno de los locales más concurridos de la ciudad para echar un trago.

Mike saludaba constantemente a los que se cruzaban con ellos.

Joe, al ver la forma en que todos saludaban al amigo, comentó:

—No hay duda que eres apreciado.

—Me estiman y respetan pero creo que he hecho muy poco por liberar a esta ciudad de sus ventajistas.

—Entonces, ¿crees que volverás a ser reelegido?

—Pudiera ser, pero aunque ante los demás parezca que estoy muy seguro de ganar, a ti te tengo que decir, que tengo muchas dudas... ¡En esta ciudad, tienen mucho poder los propietarios de locales! Están haciendo una fuerte campaña.

—Si te estiman y respetan, se inclinarán hacia ti...

—No lo creas. Esos hombres, aunque me aprecian, están asustados de los ventajistas y no se atreverán a llevarles la contraria.

—Insinúas que tus adversarios recurren a la amenaza para poder conseguir lo que les interesa, ¿no es así?

—En efecto, Joe.

—¿Estás seguro de ello?

—Lo estoy.

—¿Lo saben el resto de las autoridades de la ciudad?

—Tanto el juez, como el alcalde y cuantas personas influyentes existen en la ciudad, hacen lo que Gregory Rodney y sus amigos les indican.

—Me cuesta creer que el padre de Sally se encuentre complicado en todo eso y que sea tan despreciable.

—Si te quedas una temporada aquí, saldrás de duda.

—He venido para hablar precisamente con mister Rodney.

—¿Has decidido casarte con Sally?

—¡Sabes que lo deseo hace tiempo!

—No te hagas muchas ilusiones. ¡Es muy posible que se niegue a vuestra boda!

—Confío que no lo haga. ¡Existe una razón imperativa!

Mike dejó de caminar para observar con detenimiento al amigo, preguntando muy sorprendido:

—¿Quieres decir que vuestra boda es inevitable?

—En efecto...

—¿Seguro que está embarazada?

—Sí.

—Te aconsejo, si es así, que no se lo digas... ¡Lo consideraría una deshonra para sus aspiraciones políticas y su reacción podría ser horrible!

—La verdad sólo tiene un camino, Mike. ¡Quiero que cuando nazca mi hijo, estemos casados!

—Convéncele por otras razones para que autorice vuestro matrimonio... ¡Pero creo que de momento, le debes ocultar la verdad!

—Sally está de acuerdo conmigo...

—Sally, no conoce a su padre.

—No sabría mentir. Ya me conoces...

—En esta ocasión, créeme, será conveniente que lo hagas.

—Tu pesimismo me asusta, Mike... —comentó Joe—. Es muy posible que ella ya haya hablado con su padre.

—Si es así, procura tener mucho cuidado el tiempo que pases aquí... ¡Le creo muy capaz de ordenar tu muerte!

—¡Por favor, Mike!

—No exagero, créeme...

Guardaron silencio al entrar en el local al que

se dirigían.

Daisy, la joven y bonita propietaria del local, al verles entrar salió a saludarles con simpatía. Y por la forma en que los dos jóvenes la saludaron a su vez, no había duda que se estimaban mutuamente.

Daisy, después de los saludos, miró fijamente a Joe, diciéndole:

—Vuestra locura, le puede causar mucho daño a Sally... Me preocupa la reacción de su padre. ¡No conoces la clase de persona que es ese hombre!

—Pues ya le he dicho muchísimas cosas sobre él —agregó Mike.

—Sally me ha dicho que vienes para hablar con su padre, ¿verdad?

—En efecto, Daisy...

—¡Pues no lo hagas!

Joe miró a los dos amigos, preguntando:

—¿Qué es lo que tanto os asusta?

—¡La reacción del padre de Sally! —Respondió Daisy—. ¡Puedo asegurarte que será violentísima!

—Sea como fuere su reacción, no tendrá más remedio que asimilar toda la verdad de cuanto sucede —replicó Joe.

—Sally es mayor de edad —dijo Daisy—. Debe decir a su padre que habéis decidido casaros, pero sin decirle la razón de vuestras prisas.

—Y de enterarse por otra persona, ¿no será mucho peor su reacción?

—Una vez casados, no le preocupará mucho.

—Pienso como Daisy...

Se sentaron los tres en una mesa, conversando animadamente.

Joe, sin poder evitarlo, le preocupaban los comentarios de sus amigos... ¡Y tenía la seguridad que cuando le aconsejaban en la forma que lo hacían, es por considerar que era lo mejor para él!

Al saber por Daisy, que su prometida no se había atrevido a hablar con su padre de cuanto sucedía, comentó:

—No lo comprendo. Sally jamás le asustó hablar

con su padre.

—Pues en esta ocasión el asunto es muy delicado —replicó Mike.

—Eso es cierto —agregó Joe—. ¿Cuándo te habló de todo esto Sally?

—Hace un par de semanas, cuando tuvo la seguridad de estar embarazada. ¡Está pasando una angustia terrible!

—¿Sabe tu hermana lo que sucede? —preguntó Mike.

—Sí.

—¿Qué ha comentado? —preguntó Daisy.

—Se ha alegrado mucho.

Un grupo de hombres, hablando animadamente entre ellos, irrumpió en el local.

Daisy, al fijarse en ellos, comentó:

—Presiento que esos vienen dispuestos a formar bronca en mi casa.

—¿Quiénes son? —preguntó Joe, observando al grupo indicado.

—¡Una manada de cobardes! —respondió Daisy.

Y levantándose se encaminó hacia el mostrador.

Capítulo 2

Cuando la joven entraba detrás del mostrador para atender personalmente a aquellos cinco hombres que comenzaban a vociferar, Mike, comentó:

—¡Daisy posee un olfato especial para detectar a los cobardes!

—¿Peligrosos? —preguntó Joe.

—En cierto modo —respondió Mike—. Camorristas y pendencieros.

—No creo que se atrevan a alterar el orden estando tú aquí.

—¡Te equivocas...! Mi presencia no les preocupa lo más mínimo... Todos ellos me odian por haber pasado largas temporadas a la sombra como huéspedes míos —replicó Mike, con cierta preocupación.

Guardaron silencio al llegar hasta ellos con

claridad la voz de Daisy, al decir:

—¡Repito que no tengo whisky especial para los amigos! ¡No hago distinciones entre mis clientes!

—¡Vamos, Daisy! —exclamó uno—. ¿Es que nos consideras estúpidos?

—¡Sírvenos el whisky que bebe el sheriff cada vez que visita esta casa!

Mike, sonriendo al amigo, se puso en pie.

Joe le imitó, caminando hacia aquellos hombres, tras el amigo.

—El whisky que bebe Mike en mi casa, es el mismo que os he servido a vosotros.

—¡Eres tan falsa e hipócrita como bonita!

Mike, apoyándose al mostrador, al lado de aquellos hombres, preguntó sonriente y muy sereno:

—¿Qué sucede, muchachos?

—¡Esto es un asunto que no le importa, sheriff! ¡Y recuerde que dentro de cuarenta y ocho horas, ya no lucirá esa placa en el pecho...! ¿Por qué no aprovecha ese tiempo para montar a caballo y alejarse de aquí...? ¡No puede hacerse idea lo que pensamos disfrutar cuando le veamos sin ese distintivo al pecho! —gritó uno, como respuesta.

Y el que hablaba, al dejar de hacerlo, rompió a reír a carcajadas contagiando a todos los compañeros.

Los clientes les observaban con preocupación.

Mike esperó a que dejasen de reír para replicar:

—Suponiendo que dejase de ser sheriff, cosa que no sucederá, no os dejaría disfrutar mucho... Los cinco sabéis que de no ser por esta placa, ya os habría colgado.

—¡Esperemos que tengas el mismo valor sin esa placa! —replicó otro.

—Por favor, Norton, deja de presumir ante mí —replicó Mike—. ¿Es que piensas que un quinteto de cobardes como vosotros podéis intimidar a alguien?

Los cinco palidecieron visiblemente.

—¡Creo que tendremos que arrastrarte por toda la ciudad antes de que te obliguen a dejar esa placa! —exclamó el llamado Norton.

—Si lo intentarais os mataría —dijo Mike, con enorme naturalidad.

—Eres un sheriff muy engreído, Mike. ¡No esperes que tu estupidez nos afecte!

—¡Procura hablarme con más respeto, Mann...! —Replicó Mike—. Lamentaría que me obligaseis a encerraros nuevamente.

El llamado Mann, sonriendo de forma muy especial, dio la espalda al sheriff, diciendo a Daisy:

—Ya lo sabes, preciosa... ¡Si quieres que te abonemos lo que bebamos, tendrás que servirnos la misma calidad de whisky que bebe tu amigo el sheriff en esta casa!

—¿Cómo he de deciros que no hago distinciones entre mis clientes?

—¡No seas tan tozuda y deja de mentir! ¿Es que te imaginas que no sabemos distinguir? ¡Obedece! —replicó el llamado Norton

—Daisy —dijo Mike—. ¿Tienen razón para protestar?

—¡No! —respondió la joven.

—¡Mientes! —gritó otro.

—Hay una forma inequívoca de salir de toda duda —dijo Mike—. ¿Permitís que eche un trago de vuestra botella?

Y sin esperar a que le autorizaran se llenó un vaso. Después de probarlo, dijo a Joe:

—¿Quieres decirme si es diferente al que nosotros tenemos en la mesa?

Joe probó del mismo vaso del amigo, respondiendo:

—Es el mismo whisky.

—Ahora seremos nosotros quienes hagamos la prueba... —dijo Norton.

Y se dirigió hacia la mesa en que los dos jóvenes conversaban con la propietaria del local cuando ellos entraron. Probó el whisky que tenían, diciendo:

—¡Es muy diferente! ¡Muy superior al que nos ha servido a nosotros!

Los otros cuatro se encaminaron hacia la mesa, probando el whisky. Todos dijeron que coincidían con Norton, en que era diferente.

Joe y Mike, escuchando los comentarios que hacían, sonreían de forma especial.

Mike, dirigiéndose a un cliente, le dijo:

—¿Quiere probar de ese whisky y decirme si es diferente del que le ha servido a usted?

El indicado, revolviéndose un tanto nervioso, respondió:

—Lo siento, sheriff, pero mi opinión de nada le serviría. Jamás supe diferenciar la calidad de un whisky de otro...

Los cinco provocadores sonreían complacidos.

Muchos clientes, dando media vuelta, se dirigieron hacia la puerta de salida.

Joe, contemplándoles, comprendió que ninguno deseaba ser árbitro en la discusión entablada.

—¡No admito que se ponga en duda mi palabra! —Comentó Daisy—. ¡Y menos unos rufianes como este quinteto...! ¡Así que si consideráis que mi whisky es de baja calidad, id a beber a otro local!

—Cuidado con la lengua, preciosa... —replicó Norton—. Ten presente que dentro de muy pocas horas no contarás con la ayuda del sheriff.

Joe contemplaba sorprendido a Mike, sin comprender su paciencia.

—¿Es una amenaza? —preguntó Daisy, serena.

—¡Una simple advertencia! —respondió Norton, burlón.

—Entonces, debéis permitir que a mí vez os advierta de algo muy importante y, que debéis tener en cuenta... ¡Si Mike Point deja de ser sheriff de este infierno, procurad no volver a poner los pies en este local! ¡A partir de este momento no quiero ver en mi casa a ningún miserable de vuestra calaña! —replicó Daisy.

Ahora eran Joe y Mike quienes reían complacidos.

—¡No temas, preciosa...! —Replicó Mann—. Cuando te visitemos nuevamente, nos divertiremos como hace tiempo no lo hacemos... ¡Bailar y beber en tu compañía es algo que deseo desde hace mucho tiempo!

—Para disfrutar de esa forma, te recomiendo que busques a tu hermana. Yo tengo que decirte con sinceridad, que no te soportaría —replicó Daisy.

Mann, muy desconcertado por la réplica de la joven, se inclinó sobre el mostrador para gritar:

—¡En nuestra próxima visita, te haré comprender que soy mucho más cariñoso de lo que pueda ser el sheriff...! ¡Eres una cualquiera y confío que llegado el momento no me decepcionarás!

Daisy, sin dudarlo un solo segundo, cogió una botella en su mano que incrustó en la cabeza de quien le insultaba.

Mann, como si hubiera sido herido por un rayo, se desplomó como un pesado fardo sobre el suelo, donde quedó inconsciente.

—¡Arriba las manos! —ordenó Mike, a los compañeros del golpeado—. ¡Y nada de tonterías!

Al ver que el sheriff les encañonaba con sus armas, los cuatro obedecieron, mientras contemplaban a Daisy con intenso odio.

—¡Te arrepentirás de esto! —amenazó Norton.

—¡Ya está bien de amenazas, Norton! —Replicó Mike, con voz sorda—. ¡Empiezo a cansarme de todos vosotros! ¡Os advierto que estáis haciendo honores para que os ajuste una sólida corbata de cáñamo alrededor de vuestras gargantas!

—Escucha, por favor, Mike... No intervengas en esto... —Pidió Daisy—. Es asunto entre estos «valientes» y yo.

—Como sheriff, no puedo tolerar lo que he presenciado... ¡Mann pasará una nueva temporada a la sombra!

—Pasado mañana, cuando Samy Donttas sea elegido sheriff, saldrá en libertad.

Mike, contemplando a Norton que fue el que había hablado, replicó:

—No confíes demasiado.

Norton, en la seguridad de que sería un error provocar más al sheriff, decidió guardar silencio.

—Dígame una cosa, sheriff —dijo un compañero de Norton—. ¿No piensa detener a Daisy…? Su delito, a mi juicio, ha sido mucho más grave… Mann, tan sólo la ofendió, mientras que ella, después de ofender atacó por sorpresa y pudiendo causar la muerte de nuestro compañero.

—Entrasteis con el propósito de armar bronca y lo habéis conseguido.

—Asegurar que el whisky que nos han servido a nosotros, es diferente al que bebíais vosotros, no es un delito tan grave como para privar de la libertad a Mann.

Daisy, deseando evitar complicaciones al amigo, le dijo:

—Creo que estos hombres tienen razón, Mike. ¡Lamento haber perdido los estribos!

Después de una breve conversación, dijo Mike:

—Está bien… ¡Podéis llevaros a Mann…! ¡Pero en cuanto recobre el conocimiento, procurad aconsejarle que no vuelva por este local!

Norton y sus tres compañeros, en silencio, recogieron al inconsciente llevándoselo con ellos.

Daisy, al verse contemplada por aquellos hombres en la forma que lo hicieron cuando se dirigían hacia la puerta de salida, no pudo evitar el sentir un intenso frío.

—Pues yo les hubiera encerrado a los cinco —comentó Joe—. ¡No hay duda que entraron con intención de provocar!

Mike, pensativo, no replicó al amigo.

—Es preferible así —dijo Daisy.

—Esos hombres te odian y no te perdonarán lo que has hecho —agregó Joe.

—Tomaré una decisión pasado mañana… Si Mike es elegido nuevamente sheriff, me quedaré, pero de lo contrario me ausentaré de la ciudad una larga temporada... O venderé el local —dijo Daisy.

Mike, observando sonriente a la joven, dijo:

—Confío en el triunfo. ¡Pero de una forma o de otra, te prometo que te libraría de ese quinteto de cobardes! Me voy a liberar de la promesa que hice al gobernador sobre cómo tratar a los cobardes asesinos y ventajistas que anidan es esta ciudad...

—Si fueras derrotado en las elecciones, lo que tendrás que hacer, es alejarte de este infierno, rápidamente. No durarías mucho —replicó Daisy.

—No pienso huir... ¡Tú sabes que si no les he colgado hace tiempo, ha sido por esta placa! Pero deberían estar muertos.

—A veces, aunque sea doloroso reconocerlo, es preferible actuar con dureza... —dijo Daisy—. ¡En especial, cuando uno se tropieza con miserables como esos cinco!

—Te aseguro que si soy reelegido, mi actitud será muy distinta... Hasta ahora estaba actuando con la gratitud de un sheriff hacia una persona a la que no le gustan las muertes y cree en la ley.

—Sé que al gobernador le gusta que se actué siempre dentro de la legalidad, pero para implantar la ley en una ciudad como ésta, no se puede ser tan noble como has sido tú.

Los tres, sin dejar de charlar, volvieron a sentarse en una mesa.

Joe Way, algo más tarde, se despedía de ellos para ir a visitar a su prometida.

—Ese pobre muchacho no puede imaginarse los problemas que tendrá si se decide a sincerarse con el sucio miserable de Gregory Rodney. Puede matarle —comentó Daisy.

—He intentado aconsejarle lo mejor que he podido —dijo Mike—. ¡Confío que me escuche!

—¿Cómo es que no le ha acompañado su hermana?

—Está muy enfadada conmigo.

—¡Lo comprendo perfectamente! —Exclamó

Daisy—. ¿Por qué razón no te opones a las órdenes del gobernador?

—El gobernador no me ordena nada, sino que me pide un favor.

—¿Tanto le debes como para exponer tu vida y felicidad?

—De no ser por él, es muy posible que a estas horas fuese un hombre odiado por toda persona honrada.

—Suponiendo que seas reelegido, ¿piensas permanecer en el puesto los cuatro años de mandato?

—No. Tan sólo el tiempo suficiente para encontrar a un buen ayudante que pudiera sustituirme.

—Y si no encontraras un buen ayudante, ¿qué sucedería?

—Permanecería en mi puesto.

—¿Crees que Nora te esperaría cuatro años?

—Si me quiere de verdad, esperará… ¿Por qué razón se niega a contraer matrimonio por mi cargo?

—Porque su vida sería un constante infierno.

Después de mucho hablar, Mike se despidió de la joven, diciéndole:

—Procura tener siempre un «Colt» al alcance de tu mano. ¡Y permanece siempre tras el mostrador! Esas dos cosas son tu única defensa.

—Vete tranquilo. Si uno de esos cinco intentara castigarme, lo lamentaría.

—Dales instrucciones a tus empleados, para que tan pronto como vean entrar a uno cualquiera de los componentes de ese quinteto, vayan en mi busca.

—Así lo haré.

Tan pronto como Mike abandonó el local, uno de los empleados de Daisy le dijo:

—¿No crees que sería conveniente te alejaras una temporada? ¡Mann no te perdonará lo que has hecho!

—Esperaré a las elecciones de pasado mañana.

—Sería lamentable para esta ciudad que Mike

no fuese reelegido.

—Confiemos que lo sea.

Acto seguido, Daisy, atendiendo las indicaciones de Mike, pasó detrás del mostrador sin perder de vista la puerta de entrada.

El barman que la ayudaba, al verla acariciar un «Colt» que ocultaba entre un grupo de botellas y vasos, sonreía comprensivo.

Avanzada la noche, cuando uno de los ayudantes de Mike, entró en el local, diciendo:

—¡Han arrastrado a Mike!

Daisy, terriblemente impresionada, palideció completamente... En el acto pensó en el quinteto de cobardes que les habían provocado aquella tarde.

Sin que pudiera evitarlo, un intenso miedo se apoderó de ella.

—¿Quiénes han sido los cobardes que le han arrastrado...? —preguntó Daisy, con voz muy débil.

—No se sabe. ¡Nadie ha visto a los autores de esa canallada! —contestó el ayudante.

—¿Qué tal está Mike? —volvió a preguntar Daisy.

—¡Bastante bien! ¡Tuvo una gran suerte al romperse las cuerdas con que le lazaron!

—¿Reconoció a los autores?

—No —respondió el ayudante de Mike—. Al menos, eso es lo que asegura.

—¿Le habéis llevado al doctor?

—Sí.

—¿Qué dice?

—Tiene gran parte del cuerpo en carne viva, pero al parecer no es muy grave... ¡Claro que de no romperse las cuerdas, es muy posible que cuando le dejasen fuese cadáver!

La conversación se hizo general entre todos los clientes.

Daisy, sin escuchar los comentarios que hacían sus clientes, no hacía más que pensar en el quinteto que le había visitado aquella tarde, como autores de aquella cobardía.

El ayudante de Mike, después de echar un trago, abandonó el local.

Unos minutos más tarde, Norton y Mann, seguidos por sus tres compañeros entraron en el local.

Daisy al verles, con disimulo, empuñó con decisión el «Colt».

—¡Preciosa! ¿Sabes que tu amigo el sheriff ha sido arrastrado? —comentó Norton.

—Me han informado de ello...

—¿Quién crees tú que pudo hacerlo? —preguntó Mann, sonriendo como un loco.

—Un acto como ése, sólo puede ser obra de unos cobardes —respondió Daisy—. ¿No habréis sido vosotros?

Los cinco rompieron a reír a carcajadas.

—¡Mike es un muchacho con suerte! —Exclamó Mann, entre risas—. ¡Si no se llegan a romper los lazos, a estas horas estaría listo para enterrar!

—Supongo que la rotura de esos lazos, os habrá supuesto un gran disgusto, ¿verdad?

Capítulo 3

Aunque los cinco sonreían contemplando a la joven, en los rostros de Mann y Norton cuya sonrisa era más amplia, se podía apreciar de forma significativa la alegría que les invadía al herir a la muchacha con sus comentarios.

—No —respondió Mann—. En el fondo no nos ha disgustado tanto, por considerar que el castigo que le hemos propinado ha sido suficiente.

Daisy, al igual que sus clientes, abrió los ojos con gran asombro, para preguntar:

—¿Estás confesando haber sido los autores de esa cobardía?

Mann, sonriendo de forma especial y amplia, respondió:

—Recuerda que prometimos arrastrarle. Siempre cumplimos lo que prometemos. ¡No debió ser tan confiado!

—¡Tenía la seguridad que era un acto de cobardes...! ¡Claro que seréis castigados de forma ejemplar! ¡Pagaréis con vuestras vidas! —replicó Daisy.

—Si tu intención es asustarnos, pierdes el tiempo —replicó Norton—. ¡Y cuando ese estúpido, deje de ser el sheriff, le trataremos de otra forma...! ¡Debió escuchar nuestros consejos y alejarse de la ciudad sin esperar al resultado de las elecciones!

—¡Mike será reelegido! —Exclamó Daisy—. ¡Y vosotros seréis colgados!

—Tranquilízate y vete pensando en lo que te sucederá a ti, cuando Samy Donttas sea nuestro nuevo sheriff —dijo Mann—. La primera noche en que Samy luzca la estrella de sheriff en su pecho, tú la pasarás conmigo en compensación por tus propósitos al intentar abrirme la cabeza pero después, es muy posible que no tengas la misma suerte que Mike, cuando decida arrastrarte.

—Digo lo mismo que Norton —replicó Daisy, serena—. Si tu intención es asustarme, pierdes el tiempo.

—¿Por qué quieres esperar tanto tiempo para gozar de su compañía? —preguntó muy burlón, Norton.

Daisy, para no seguir soportando la presencia del quinteto de cobardes indeseables, les encañonó con el «Colt» que empuñaba con firmeza, diciendo:

—¡Ya estáis saliendo de mi casa! ¡Y si no os mato, es porque tengo la seguridad de que Mike se enfadaría conmigo! ¡Largo o comienzo a disparar!

Los cinco vaqueros, contemplando el arma que la joven empuñaba con gran decisión, palidecieron ligeramente.

—Deja ese juguete donde estaba y sírvenos de beber —dijo Mann, con voz sorda.

—¡En esta casa no se sirve a los cobardes...! ¡Y procura recordar que no conseguirás intimidarme!

—No seas tonta, Daisy —agregó Norton—. ¿Es que quieres que te matemos antes de estar con

Mann?

Daisy, con gran serenidad, disparó una vez, diciendo:

—¡La próxima vez alcanzaré tu frente, Norton...! ¡Tenéis diez segundos para salir de este local!

Los compañeros de Norton contemplaban su sombrero qué había sido perforado con gran precisión.

Los clientes admiraban el valor de la joven.

Norton, lívido como un cadáver por el gran pánico que le causó el disparo dio media vuelta, replicando:

—¡No pasará mucho tiempo antes de que tengas que arrepentirte de esto!

—Recuerda que tan pronto os vea entrar, dispararé a matar... —advirtió Daisy, con naturalidad—. ¡Vuestra presencia en esta casa, queda terminantemente prohibida...! ¡El olor a cobarde que despedís, es francamente insoportable!

—¡Eres una loca, Daisy! —Exclamó Mann—. ¡Con tu actitud harás que sienta un gran placer cuando decida arrastrarte!

Daisy volvió a admirar a todos los reunidos al realizar un nuevo disparo y perforar el sombrero de Mann, que al igual que Norton, por pensar que hubiera disparado a matar, palideció intensamente.

Aquellos hombres, comprendiendo que sería un grave error irritar más a la muchacha, después de la habilidad demostrada en sus dos disparos, dieron media vuelta, dirigiéndose hacia la puerta de salida.

Todos, aunque en especial Norton y Mann, salían murmurando de forma ininteligible un sinfín de juramentos y amenazas.

El barman, aproximándose a la patrona, le dijo:

—¡Me asusta mucho lo que pueda suceder la próxima vez que esos hombres decidan visitarnos!

Daisy, sonriendo con simpatía al barman, replicó:

—¡Y a mí!

—Sería prudente te ausentaras una temporada.

—Lo pensaré.

Daisy, mientras hablaba, sin soltar el «Colt» de su mano, estaba muy pendiente de la puerta.

Norton, una vez en la calle, decía a sus compañeros:

—¡Ha sido una suerte que a ninguno se nos ocurriera intentar sorprenderla...! ¡Nos hubiera matado sin la menor vacilación!

—¡Tenemos que arrastrarla! —replicó Mann.

—Si lo hiciéramos, nos colgarían a los cinco... —dijo uno.

—Y además, el patrón, cuando se entere que habéis confesado haber sido los autores del arrastre de Mike, se enfadará con vosotros —agregó otro.

—Ocultarlo hubiera sido una gran estupidez... —replicó Mann—. ¡Estoy seguro que Mike nos reconoció!

Sin dejar de hablar, se dirigieron al local, donde sabían que encontrarían al patrón. Este, al verles entrar, se reunió a ellos, y les dijo:

—¡Sois unos estúpidos! ¡Lo que habéis hecho con Mike, ha sido un grave error!

—De no haberse roto los lazos, a estas horas habríamos librado a sus amigos de la presencia de Mike —replicó Mann.

Abraham Cloudy, como se llamaba el patrón de los cinco, agregó:

—¡Lo estáis estropeando todo! ¡Confiemos que Mike no os haya reconocido!

—Acabamos de confesar que ha sido obra nuestra —dijo Norton.

Abraham, abriendo con enorme asombro sus ojos, contempló a sus hombres con gran fijeza, preguntando sorprendido:

—¿Es que habéis perdido la razón?

—Sabemos que Mike nos reconoció...

—¡Sois un quinteto de idiotas! ¡Con vuestro acto, inclinaréis a la población a favor de Mike! —Replicó

Abraham, con mucha desesperación.

—Si así fuera, se le cuelga, cosa que hace tiempo debimos hacer. ¡Y ya está bien de insultos, patrón! ¡Recuerde que todo lo hemos hecho por complacerle! —replicó Mann.

—¡Yo no os ordené que le arrastraseis!

—Pero no ignoraba que habíamos prometido a Mike arrastrarle antes de que dejase de ser sheriff... —dijo Norton—. ¡Hemos cumplido exclusivamente nuestra palabra!

Abraham, a pesar de su gran enfado, terminó por reír de buena gana contagiado por sus hombres.

—Voy a hablar con John Jones —dijo Abraham—. ¡Ya veremos qué es lo que opina!

—¡Ahí entra Samy Donttas! —dijo Mann, haciendo señales al mismo.

Abraham, que se disponía a separarse de sus hombres, esperó a que Samy Donttas se reuniera con ellos.

—Vengo del local de Daisy, donde me han informado de vuestras estupideces —dijo Samy Donttas, al estar próximo al grupo—. ¿Por qué habéis arrastrado a Mike?

—Porque se lo teníamos prometido —respondió Norton.

—Con ello, no habéis hecho otra cosa que sentenciaros a muerte... Conozco a Mike y sé que no os perdonará.

—Si se pusiera muy pesado, nos resultaría sencillo terminar con él.

Samy miró con mucha fijeza a Norton, que fue el que se expresó de aquella forma, y le replicó:

—¡No sabes lo que te dices, Norton! ¡Mike es demasiado enemigo para vosotros!

—Tuvo mucha suerte al romperse nuestros lazos... —dijo Mann—. ¡De lo contrario es muy posible que hubiera muerto!

—Y tan pronto como el gobernador se informara, se ocuparía personalmente de daros vuestro castigo.

—De haber muerto, nadie sabría quiénes le arrastraron —dijo Mann.

Samy, clavando su mirada en Abraham, le dijo:

—Creo que estás rodeado de inútiles.

Los hombres de Abraham Cloudy, palidecieron visiblemente.

—Quisieron hacer las cosas bien, pero no tuvieron suerte —dijo Abraham.

—¿Cumplían órdenes tuyas? —quiso saber Samy.

—No —respondió Abraham—. Aunque estaba de acuerdo con ellos... ¡Hace tiempo que debimos terminar con Mike!

—Sólo podremos librarnos de Mike, sin temer a la reacción del gobernador, en unas elecciones como las que se celebrarán pasado mañana... ¡Utilizar la violencia frente a él, es enfrentarse abiertamente al gobernador! ¡Y eso, siempre es un grave error!

—¿Tan amigo es del gobernador?

—Hay quienes afirman que le quiere como a un hijo.

—Eso es algo que nosotros ignorábamos... —se disculpó Norton.

—Pero el peligro de Mike, no está en su amistad con el gobernador, sino en que se decida a utilizar la violencia. ¡Y considero que después de vuestro error, su actitud va a cambiar completamente!

—Su fama como hombre hábil con las armas, no nos intimida... Estamos preparados para enfrentarnos a cualquiera.

Samy, sonriendo de forma especial, preguntó:

—¿Tú lo crees, Norton?

—Podemos asegurártelo! —respondió Norton.

—¿Os atreveríais a enfrentaros a mí? —preguntó Samy, sonriente.

Abraham y sus hombres se miraron interrogantes.

—Tú eres un amigo —respondió Norton.

—Y de no serlo, ¿tendríais valor para enfrentaros

a mí con nobleza?

—¡Puedes asegurarlo! —respondió Mann, irritado y molesto.

Samy, riendo abiertamente, replicó:

—¡Es muy decepcionante, Abraham, comprobar que estás rodeado de ignorantes! ¿Tú crees realmente que Mann o cualquiera de tus hombres tendría el valor suficiente para ir a enfrentarse a mí?

Abraham, después de una breve duda, respondió:

—Puedo asegurarte que no son unos cobardes...

—Entonces, ¿les consideras capacitados para enfrentarse a mí?

—No —respondió Abraham—. Comparados contigo son unos novatos.

—Pero... ¿Estáis de acuerdo con vuestro patrón? —preguntó Samy.

Aunque muy molestos, los cinco afirmaron con la cabeza.

—¿Fuisteis los cinco quienes arrastrasteis a Mike?

—No —respondió Norton—. Sólo intervinimos Mann y yo.

—Entonces os aconsejo que os larguéis de Laramie, antes de que Mike se recupere. ¡Yo sé que os buscará para mataros!

—Mike no eres tú... —replicó Mann.

—Puedo aseguraros, sin dudarlo, que es mucho más peligroso que yo. ¡No me enfrentaría nunca a él! —dijo Samy.

Ahora, Abraham y sus hombres, se miraron sorprendidos.

—¿Te consideras inferior a Mike? —preguntó Abraham, asombrado.

—Lo soy.

—¿Bromeas?

—¡En absoluto...! —Respondió Samy—. En lucha noble me derrotaría con la misma facilidad que yo podría hacerlo con cualquiera de vosotros.

Norton, que no daba crédito a lo que escuchaba, dijo:

—Llegado el momento, recordaremos tus palabras.

—Lo más saludable para vosotros dos sería alejaros de Laramie. ¿Qué os ha parecido la habilidad de Daisy con el «Colt»?

—¡Prodigiosa en una mujer! —Confesó Mann—. ¡Menudo susto nos dio!

—Pues procura no cometer errores... Daisy si se ve en peligro, no dudará en perforar vuestra frente.

—Estuvo a punto de abrirme la cabeza —agregó Mann—. Tendré que castigarla por ello de forma ejemplar y como más la duela.

—No juegues con ella, Mann —insistió Samy—. Si la obligas, su pulso no se alterará, aunque tenga que disparar a matar.

—Evitaré me sorprenda por tercera vez.

Sin dejar de hablar, los siete echaron un trago.

—Después de arrastrar a Mike, ¿has hablado con John Jones? —dijo Abraham.

—Sí —respondió Samy—. ¡Está furiosísimo contra los autores...! Cuando se entere que ha sido cosa de tus hombres, se enfadará muchísimo.

—Y creo que con razón. Aunque culparme de ello no es justo —comentó Abraham.

—Lo sucedido inclinará a muchos indecisos a favor de Mike.

—Es lo que yo he pensado. Y desde luego, tengo la seguridad, que todos los que mis hombres han tratado de intimidar, llegada la hora de la verdad se van a inclinar a favor de Mike. Ese hombre impura mucha seguridad.

—El interés de John Jones porque yo sea sheriff, es algo que aún no he comprendido. ¿Qué buscará con ello? —comentó Samy.

—La seguridad de que en sus negocios puedan cometerse toda clase de abusos, sin temor a la ley —respondió Abraham.

—Estoy cansado de obedecer las órdenes

de ese miserable... Claro que si consigo la placa, tendrá que pagar mucho más de lo que piensa por mis favores.

—¡Cuidado, Samy! ¡John Jones es muy poderoso. ¡No cometas la gran estupidez de enfrentarte a él! —Advirtió Abraham.

—Hay muchas veces que me desprecio, Abraham... ¡Tanto a ti como a mí y a otros muchos, nos utilizan de forma caprichosa y a gusto de ellos!

—Procura obtener más beneficios, pero no te enemistes nunca con ellos. ¡John Jones, sólo tendría que dar una cantidad para deshacerse de ti! ¡Y está acostumbrado a hacerlo!

—¿Qué sabes de la amistad entre John Jones y Gregory Rodney?

—Nada.

Samy, sonriendo de forma especial, dijo:

—Te asusta hablar de ello, ¿verdad?

—¿Por qué habría de asustarme?

—No lo sé, pero es lo que sucede siempre, a cuantos hago la misma pregunta. ¡Nadie sabe nada de nada!

—Tú, desde hace ya varios meses, estás pasando muchas horas al lado de John Jones. ¿Has conseguido averiguar algo sobre ellos?

Samy, después de unas dudas, terminó por sonreír abiertamente al amigo, y contestó:

—Tienes razón. Por más que lo he intentado, no he conseguido averiguar nada.

—Y procura que no se den cuenta de tu interés.

—Les temes, ¿verdad?

—¡Mucho!

—¿Hace mucho que les conoces?

—Varios años.

—¿Fueron siempre tan amigos?

—Siempre se llevaron muy bien.

—¿Es cierto que en una época fueron socios?

Abraham miró sorprendido a Samy, preguntando a su vez:

—¿Quién te ha dicho eso?

—Se lo oí comentar un día a un viejo vaquero... Creo que tuvieron por Colorado unos negocios mineros y ganaderos.

—¿Comentaste algo de ello con John?

—No.

—¡Pues no lo hagas!

Samy observó preocupado al amigo, diciendo:

—Demuestras un miedo incomprensible, ¿a qué se debe?

—¿Sabrías conservar el secreto?

—¡Te lo prometo!

—Separémonos de mis hombres. ¡No quisiera que nos escucharan! —pidió Abraham.

Segundos después se sentaban en una mesa.

Abraham, después de comprobar que nadie podría oírles, comenzó a decir:

—John Jones y Gregory Rodney son los hombres más peligrosos de cuantos yo he conocido... ¡No se detienen ante nada, con tal de conseguir lo que desean...! ¡Y puedo asegurarte que ambos han recorrido toda la escala del mal, para alcanzar la situación de que gozan hoy en día!

Abraham, sin que Samy le interrumpiera una sola vez, estuvo hablando sobre John Jones y Rodney durante muchos minutos.

Samy, mientras le escuchaba, sonreía de forma especial.

Capítulo 4

Samy, una vez que Abraham dejó de hablar, dijo:

—Sabré aprovecharme y sacar un buen partido de cuanto me has contado...Emplearé la inteligencia para extorsionarles con habilidad.

—¡No cometas errores! —Aconsejó Abraham—. Y a mi juicio, más te valiera olvidar cuanto te he dicho... ¡Si demuestras que conoces cosas que a ellos no les interesa que se sepan, no dudarán un solo instante en ordenar tu muerte!

—Buscaré un método de aprovecharme eficaz.

—No sería justo que pusieras mi vida en peligro —dijo Abraham.

—Jamás diré quién me ha informado de todo ello.

—Les resultará sencillo adivinar que he sido yo... ¡Soy el único que les conoce desde hace muchos años!

—Mike, lo sabe por una conversación que sorprendí a John y Gregory. Sé que estuvo investigando sobre el pasado de los dos... Parece que averiguo muchas cosas. Hablaré con Mike, mañana mismo, en un lugar donde nos vean... Cuando me decida a aprovecharme de nuestros «amos» sabré decirles que fui informado por Mike. ¡De esa forma, confiando en mí, descargarán todo su furor sobre Mike! —replicó Samy.

—Si te decides a extorsionarles, procura ser muy astuto... ¡Un error, por leve que sea, te costaría la vida!

—Ya te informaré si es que me decido a hacerlo. Y en compensación a la confianza que has depositado en mí, sabré beneficiarte.

Mientras tanto, en la oficina del sheriff, Joe le preguntaba:

—¿En verdad que no conseguiste reconocer a los dos cobardes que te arrastraron?

—No —mintió Mike.

—¿No sospechas a qué equipo puedan pertenecer?

—Te aseguro que no te engaño. No puedo imaginar quiénes pudieron sorprenderme en la forma que lo hicieron.

—¿Qué hubiera sucedido si no llegan a romperse los dos lazos?

—¡Prefiero no pensar en ello...! ¡Es muy posible que a estas horas, en vez de estar hablando conmigo, estuvieras contemplando mi cadáver!

—Ahora comprendo y justifico los temores de mi hermana a contraer matrimonio contigo, mientras no dejes esa placa... ¡En un infierno como esta ciudad, esa placa es un constante peligro!

—Conseguiré, con la ayuda del gobernador y el apoyo de todas las gentes honradas, implantar el debido respeto a la ley. Mi forma de actuar, va a cambiar.

—¡Suponiendo que antes no decidan matarte!

—Es un riesgo que no tengo más remedio que

correr.

—Los que te arrastraron ¿no serán el golpeado por Daisy y sus amigos?

—No lo creo...

—Pues ellos prometieron arrastrarte antes de que dejases de ser sheriff.

—Les conozco bien y puedo asegurarte que son incapaces de ello.

—¿Qué te ha dicho el doctor?

—Que sentiré molestias y dolores una larga temporada.

—Intentaré averiguar algo por mi parte...

—No te preocupes de esto y piensa en Sally. ¿Has hablado con ella?

—Sí.

—¿Habló con su padre?

—Sí —respondió Joe—. Pero no se atrevió a confesarle lo que sucedía... Solo le dijo que quería casarse. Está muy preocupada. ¡Le asusta que su padre se dé cuenta!

—¿Qué piensas hacer?

—Convencerle para que autorice a que nos casemos.

—Sally es mayor de edad.

—Pero le gustaría que su padre consintiera nuestro matrimonio.

—Supongamos que intenta demorar vuestra boda, ¿qué haréis?

—Hemos pensado que pedirá permiso a su padre para pasar una temporada en nuestro rancho. Y una vez casados, comunicárselo.

—Creo que sería lo mejor...

—A pesar de ello, hablaré con él... Tenías tú razón en lo de senador... Por la boda le dijo que debemos esperar hasta que se celebren las elecciones a senador.

—Eso es dentro de tres meses. Es mucho tiempo.

—Así es... Si insiste en que esperemos, nos casaremos en Medicine Bow y después se lo comunicaremos —respondió Joe, preocupado.

—Buen disgusto le espera, porque a pesar de que es una mala persona, quiere mucho a su hija.

—Me asusta mucho la reacción de Sally, cuando se informe de la clase de persona que es su padre —comentó Joe—. ¡Le considera honrado y bueno!

Después de mucho hablar, Joe dijo:

—¿Piensas pasar la noche en esta oficina?

—Espero a unos enviados del gobernador. ¿Y tú?

—Me he cambiado de hotel. Ahora estoy en el que está frente a esta oficina.

—Pues deberías retirarte a descansar. Y no entres en ningún local, hay muchos que quieren a Sally, por lo que a ti, te odian.

—Estoy rendido...

—Mañana te espero temprano para desayunar juntos, ¿de acuerdo?

—¡De acuerdo, Mike...! Piensa en mi hermana y no te expongas...

—Descuida, soy el más interesado en evitar que me sorprendan nuevamente.

—Si lo deseas puedo quedarme contigo.

—Prefiero que te retires a descansar.

—Como quieras. ¡Buenas noches!

—Buenas noches, Joe.

Mike, al quedar a solas, sonrió de forma especial.

Y a los pocos minutos de salir el amigo, se levantó de la silla y comenzó a moverse por la oficina.

Los dolores que sentía, aunque intensos algunas veces, los soportaba pensando en sus propósitos.

Después de pasear durante más de media hora, abandonó la oficina.

¡Iba dispuesto a buscar a los traidores que le arrastraron para desfigurar sus rostros con el plomo de sus armas!

A pesar de que era muy avanzada la noche, los locales de diversión estaban repletos de clientes.

Al caminar tenía que soportar unos dolores intensos que, a veces, hacían que sus ojos se llenasen de lágrimas.

Varios transeúntes, al reconocerle, le contemplaban asombrados... No comprendían que pudiera caminar, cuando habían oído comentar al doctor que tendría que permanecer varios días en la cama.

Cuando se aproximaba a algún saloon, en vez de entrar, se concretaba a observar el interior del mismo por una de las ventanas. Cuando no veía a quienes buscaba, se dirigía hacia otro.

Después de recorrer varios, al fin su rostro se iluminó con amplia sonrisa, al descubrir a Norton ya Mann alternando con un grupo de amigos.

Sin dudarlo un solo segundo se dirigió hacia la puerta, entrando en el local, decidido.

Quienes se fijaban en él, le observaban admirados.

Les costaba trabajo creer que pudiera caminar, sabiendo que debía tener el cuerpo en carne viva.

Mike, sin preocuparse del asombro que su presencia causaba, avanzaba con la mirada fija en los dos cobardes.

Al apoyarse en el mostrador, el propietario del local, al reconocerle, abrió con enorme asombro sus ojos. Pero segundos más tarde, al darse cuenta del interés con que observaba a Norton y Mann, comprendió en el acto la razón de su visita.

Mike, después de respirar varias veces con gran profundidad intentando no perder la calma, elevó la voz para decir:

—¡Eh, barman! ¡Invita a ese quinteto de cobardes!

Estas palabras, al ser escuchadas por los reunidos, tuvieron la virtud de parar todas las conversaciones.

Mike, en el acto, se vio convertido en el blanco de todas las miradas.

Los aludidos le contemplaban con cierta preocupación.

—¡Confieso que no esperaba verle por aquí, sheriff...! ¡Sabía que era fuerte, pero no esperaba que se rehiciera tan pronto de su mal! —exclamó Mann, asombrado.

Y al reír contagió a sus compañeros.

—¡Me agrada comprobar que el doctor se equivocó al asegurar que nuestro sheriff, aunque ya es por muy pocas horas, no ha tenido que permanecer varios días en la cama! ¿Muchos dolores? —Agregó Norton.

—Procurad no beber apresuradamente ese whisky que os han puesto. En el momento que lo finalicéis, vuestra vida se extinguirá. ¡Mis disparos alcanzarán un blanco algo más bajo del conseguido por Daisy! ¡Perforaré vuestras frentes! —replicó Mike.

Mann, demostrando que no tomaba en consideración la amenaza del sheriff, mientras reía, replicó:

—Ignoraba que estuviera tan enfadado con nosotros. ¿Está hablando en serio?

—Después de vuestra cobardía, ¿esperabas que me asustara? —dijo Mike.

—Sería lo más prudente —contestó Norton—. ¡Fue verdaderamente una lástima que se rompieran nuestros lazos! ¿Es muy doloroso y humillante ser arrastrado?

—Al no rematarme, cometisteis el peor de vuestros errores —dijo Mike—. ¡Ahora no os daré ocasión de rectificar!

—Y en tu locura, ¿no estás dando la oportunidad de que terminemos lo que debimos hacer hace unas horas? ¡Sinceramente, no lo comprendo!

—Piensa Mann que los dolores deben ser tan intensos, que le han hecho perder toda la razón... —agregó Norton.

Los reunidos les contemplaban en total silencio. Nadie dudaba de que el resultado de aquella conversación sería trágico.

—Los daños que habéis causado en mi cuerpo son pasajeros... ¡Por el contrario, los daños que el plomo de mis armas ocasionen en los vuestros, será irreparable...! —replicó Mike, muy burlón.

—Pues es injusto que te enfades con nosotros... —dijo Norton, irónico—. Recuerda que al arrastrarte, lo único que hemos hecho, es cumplir con nuestra palabra.

Uno de los reunidos, interviniendo, preguntó:

—¿No es un suicidio por tu parte Mike, enfrentarte a cinco?

—¡Sólo me interesan Norton y Mann...! Los otros tres confío permanezcan al margen de cuanto suceda, pero si no lo hacen así, morirán —respondió Mike.

—No te preocupes ni te asustes. Mann y yo nos somos suficiente para rematar nuestra obra... ¡Sería totalmente ridículo y un acto de cobardes, que intentáramos actuar los cinco al unísono! —dijo Norton.

—A pesar de tus palabras, Norton, vigilaré muy bien a esos tres. Siempre habéis sido traicioneros. —Replicó Mike—. Si alguno de ellos prefiere realizar en vuestra compañía un viaje al infierno sin retorno, le complaceré...

Los clientes admiraban la gran serenidad del sheriff... Pero en el fondo consideraban una gran locura su provocación.

Norton y Mann estaban considerados como dos profesionales del «Colt».

Mann, francamente sorprendido por la naturalidad con que les hablaba Mike, replicó:

—En tu locura ¿es posible que intentes asustarnos?

—Bebed ese whisky. Os espero —dijo Mike—. Pero al hacerlo, no debéis olvidar que al finalizarlo, vuestras vidas se extinguirán... Porque por mucho que ello os sorprenda, he venido a mataros.

Los oyentes que estaban más cercanos, arrastrando los pies, se separaron hasta dejar aislados a los seis.

Norton, mirando a quienes se separaban, dijo:

—Debéis preparaos a presenciar la muerte de

vuestro sheriff... ¡El pobre en su locura, ha decidido suicidarse!

Todos escuchaban totalmente impresionados. Ser testigos de un duelo como el que se imaginaban iba a ser, era algo admirable que no olvidarían fácilmente.

—¡Vosotros tres! ¿Estáis dispuestos a morir con vuestros compañeros? —dijo Mike, a los compañeros de Mann y Norton.

—Ninguno de ellos precisa de nuestra ayuda... —respondió uno, convencido de sus palabras—. ¡Cualquiera de ellos podrá jugar contigo!

—Una vez que termine con ellos, hablaré con vosotros... ¡Estoy dispuesto a terminar, por el bien de Laramie, con todo el equipo de Abraham Cloudy! ¡Me he cansado de evitar la violencia, que es el único lenguaje que entendéis los cobardes como vosotros!

—Preocúpate de nosotros y deja a esos tres en paz —dijo Mann.

—Si deseáis que todo finalice, ¿por qué no apuráis ese whisky? ¡No quisiera mataros sin que hayáis apurado la bebida a que he invitado! ¡Bebida que pagaré gustoso, una vez muertos los dos!

—No es justo que sigas asustándonos... —replicó burlón Norton—. ¡Yo ya empiezo a sentir deseos de echar a correr...!

Antes de dejar de hablar comenzó a reír a carcajadas, contagiando a sus compañeros.

—Guardaré silencio hasta que hayáis bebido el whisky al que os he invitado, pero después os mataré —dijo Mike.

Tanto Norton como Mann, se daban cuenta de que el sheriff no bromeaba, razón por la que le observaron con minuciosidad... El hecho de que hubiera ido a su encuentro les empezó a preocupar sinceramente.

Pero Norton, presumiendo que era la gran desesperación que sentía lo que le había obligado aquella locura, dijo:

—Lamentarás no haber escuchado los consejos del doctor. ¡Es una pena que no hayas guardado cama!

—Puede que el pobre ignorase que venía dispuesto a conseguir un descanso eterno, ¿no lo crees así, Norton? —añadió Mann.

—¡Tienes razón! —Contestó Norton—. ¿Aceptamos su invitación?

—Suponte que es la última voluntad de un condenado a muerte... —respondió Mann, muy burlón—. ¿Por qué no complacerle?

Mike, vigilándoles, guardaba silencio.

—No había pensado en ello, Mann —dijo Norton.

Cuando ambos se disponían a coger el vaso de whisky, dijo Mike:

—¡Un momento, amigos...! ¿Fue orden de vuestro patrón el arrastrarme?

—No es que fuera orden de él, pero se alegró de ello —respondió Norton.

—¡Podéis beber! —exclamó Mike.

—¿Qué pensará el gobernador de tu gran locura cuando le informen de tu muerte? Me parece que te aprecia —comentó Mann.

—Puede que más que la muerte de Mike, lo que realmente le enfurezca es que haya dejado el camino libre a Samy Donttas para ocupar su cargo.

—Estoy esperando que finalicéis vuestra bebida... ¡Mañana seréis enterrados! —dijo Mike, muy sereno.

Norton, que desde hacía varios minutos observaba con enorme minuciosidad y cierta preocupación al sheriff, dijo a su compañero:

—Juraría que está convencido de su triunfo.

—¡Y lo estoy! —replicó Mike.

—¡Pobre ignorante! —exclamó Mann, sonriendo abiertamente.

—¡Bebe ese whisky...! —Exclamó Mike, a su vez—. ¡Será el último que bebáis! ¡No quiero perder más tiempo!

—Preferimos beber ese whisky para celebrar tu

muerte...

—Entonces, debéis prepararos a morir —dijo Mike, con naturalidad—. ¿Estáis listos? ¡Os voy a matar!

Convencidos sus adversarios de que hablaba completamente en serio, rápidamente trataron de adelantarse a él.

Pero ante el asombro general, Mike cumplió su palabra... Disparó con ambas manos una sola vez y enfundó cuando los otros seguían en pie.

Norton y Mann, alcanzados de muerte, giraron levemente sobre sus pies segundos antes de caer de bruces.

Los compañeros de las víctimas, terriblemente impresionados por un resultado que no sospechaban, contemplaban asombrados los cadáveres.

Mike, enfundando sus armas, comentó:

—¡No serán los últimos que lamenten haberme obligado a utilizar la violencia! Se ha terminado la época en que actuaba con la gratitud de un sheriff hacia una persona a quien respeto y admiro.

Los compañeros de los muertos, al ver que el sheriff les observaba con detenimiento, con voz temerosa, uno de ellos, dijo:

—¡Nosotros no intervenimos en nada...!

—De acuerdo —replicó Mike—. No quiero aprovecharme de vuestra cobardía. Pero si no os enfrentáis a mí, debéis salir de la ciudad para no regresar nunca... ¡Si a partir de media hora, os veo por aquí, os mataré sin previo aviso!

Los tres vaqueros, considerándose muy afortunados por la medida del sheriff, dieron media vuelta y salieron del local.

Mike, para comprobar que se marchaban, salió tras ellos.

Fue entonces, cuando el propietario del local, completamente lívido, exclamó:

—¡Fijaos en esos dos! ¡Ambos han muerto con el mismo disparo! ¡Fueron alcanzados en la boca!

Los testigos, al fijarse y comprobar que era verdad lo que escuchaban, no pudieron evitar el temblar impresionados.

Capítulo 5

Mike Point, dispuesto a castigar a Abraham Cloudy, por considerarle responsable de cuantos abusos habían cometido sus hombres en la ciudad, se dirigió directamente hacia el local que sabía frecuentaba, antes de que fuese informado de la muerte de sus hombres de confianza.

Al entrar en el local y comprobar que no se había equivocado, sonrió de forma muy especial.

Abraham Cloudy, que estaba acompañado por dos de sus hombres, bromeaban con unas muchachas mientras invitaban con generosidad.

Los reunidos, al fijarse en el sheriff, le contemplaban sorprendidos por creer que estaba guardando cama.

Decidido, se encaminó hacia la mesa ocupada por Abraham Cloudy y acompañantes. Al detenerse frente a Abraham, dijo:

—Supongo que no estarás celebrando la cobardía de tus hombres, ¿verdad?

Abraham, al reconocer a Mike, palideció ligeramente y sorprendido comentó:

—Creía estabas en la cama... ¡Es una sorpresa tu fortaleza!

—Los cobardes que me arrastraron no tuvieron mucha suerte.

—No es justo que llames cobardes a quienes cumplieron lo que prometieron... Claro que debieron pensar que arrastrar a quien está llevando esa placa en el pecho, es un grave delito... ¡Debieron esperar un par de días y en vez de arrastrar al sheriff lo hubieran hecho con un simple ciudadano! —replicó Abraham.

—¿Tan seguro estás de que no seré reelegido?

—Es lo que se comenta...

—Supongo que esos comentarios tan solo se hacen entre tus amigos.

—No lo creas, es el comentario general de la población. Al parecer están cansados de soportarte.

—¡Buena sorpresa van a recibir todos los indeseables que anidan en esta ciudad! ¡Te aseguro que a partir de mi nuevo mandato, mi actitud será muy distinta a la que he tenido hasta ahora! Os habéis estado riendo de mí, pero se acabó para siempre el sheriff noble y que se guiaba estrictamente por la ley —Exclamó Mike.

—Deja de presumir y recuerda que la próxima vez es muy posible que no tengas tanta suerte... —replicó Abraham, sonriendo burlón—. ¡Norton y Mann que son muy dados a gastar bromas pesadas, podrían rectificar su propio error!

—¡Los muertos no pueden rectificar mucho...! Mis bromas para ellos han resultado mucho más pesadas de lo que imaginas... ¡El plomo que vomitaron mis armas, en lucha noble frente a ellos, les destrozó la boca!

Abraham y sus acompañantes se miraron muy serios entre sí.

—Entonces... ¿Quieres decirnos que les has matado? —preguntó Abraham, con asombro.

—Así es —respondió Mike—. Ya no podrán ayudarte a cometer más abusos.

—¡No es posible...!

—Lo que no será posible es que cuentes con ellos para complacer los encargos que te hacen tus amigos, ni para los robos de ganado que desde hace tiempo sospecho realizas en la comarca... ¡Esperaba pruebas para actuar contra ti, pero me he cansado de actuar de acuerdo con el significado de esta placa! ¡Desde hoy responderé a todo abuso, empleando los mismos métodos que vosotros! ¡La violencia!

—Pues no parece que hayas abusado de la bebida —comentó uno de los acompañantes de Abraham—. Y si en efecto no estás influenciado por la bebida, ¿quieres decirme a qué se debe tu locura?

—Sin duda alguna al gran dolor que debe sentir... Es de suponer que tiene el cuerpo en carne viva —agregó el otro hombre de Abraham.

—Debéis ir pensando que he venido muy dispuesto a terminar con vuestro patrón, por considerarle un cobarde y único responsable de vuestros actos y abusos... Así que si no deseáis morir en su compañía procurad permanecer al margen de esta cuestión.

Abraham, mirando a sus dos hombres, les dijo:

—Empieza a apoderarse de mí un miedo intenso. ¡Tengo el presentimiento que Mike no bromea! ¿No os sucede a vosotros lo mismo?

Los vaqueros que acompañaban a Abraham, al captar el tono burlón con que había hablado, exclamaron al unísono:

—¡Ya lo creo!

Y los tres rompieron a reír de buena gana.

Los testigos les contemplaban en silencio.

Mike esperó a que cesase la hilaridad de aquellos tres, para decir:

—Antes de que decida terminar con vosotros, Abraham, ¿por qué no me dices cuánto te ofreció John Jones por molestarme?

—John Jones es un caballero a quien no debes mezclar en este asunto.

—John Jones, aunque se aproveche de vuestra estupidez, no es más que un cobarde al que no tardando mucho, es muy posible que cuelgue de un lugar visible de la ciudad.

Abraham Cloudy, observando con minuciosidad a Mike, dijo:

—Tengo el presentimiento de que en efecto estás dispuesto a enfrentarte a los tres...

—¡Así es Abraham! ¿Es que te sorprende?

—Lo considero una locura... ¿Por qué no dejamos esta cuestión para dentro de un par de días? ¡No quisiera tener que matarte luciendo esa placa en el pecho...! ¡Sé que es muy amigo tuyo el gobernador y pudiera complicarme la vida con tu muerte!

—No tengas preocupaciones de esa índole, mañana serás enterrado.

—¿Es cierto que mataste a Norton y Mann?

—Te doy mi palabra que no te engaño.

—¿Será posible? —preguntó Abraham, a sus hombres.

—Les habrá sorprendido disparando por la espalda... —respondió uno—. De frente y en lucha noble, cualquiera de ellos hubiera jugado con él... ¡Sólo actuando a traición pudo conseguir el triunfo!

—Puedo tener muchos defectos, pero no soy traidor y cobarde como vosotros. ¡Ellos murieron frente a mí! —replicó Mike, sereno.

—¡A traición! —Le interrumpió uno de los hombres de Abraham—. ¡De otra forma serías tú el que estuviera listo para enterrar!

—Eran, no os engaño, un par de novatos.

—¡Y tú un loco traidor! —replicó Abraham, muy serio.

—¡Pero no cobarde...! —Exclamó Mike—. Y lo

demostraré eliminándoos a los tres y librando a la ciudad de la presencia tan repulsiva de hombres como vosotros... ¡Sois seres despreciables como existen pocos!

—¡Empiezo a cansarme de tu locura, Mike...! —replicó Abraham, enfurecido—. ¡No permitiré un nuevo insulto!

—Deja de presumir, Abraham —replicó Mike—. ¡Yo sé que estás asustado!

—¡Pobre estúpido...! —Replicó Abraham, con desesperación—. ¡Asustarnos nosotros frente a un joven como tú!

Al dejar de hablar, se echó a reír a carcajadas y al tratar de sujetar su abdomen, buscó con desesperación las armas.

Sus dos hombres le imitaron, como si hubieran adivinado los propósitos del patrón.

Cuando los tres conseguían acariciar sus armas, trepidaron las de Mike, alcanzándoles mortalmente.

Con el mayor de los asombros reflejado en sus ojos, se desplomaron sin vida.

Los testigos quedaron impresionados. Por más esfuerzos que hacían para comprender lo presenciado, no lo conseguían.

Mike, recorriendo con la mirada a los reunidos, les dijo:

—Hasta ahora quise evitar la violencia y creo que fue mi peor error frente a hombres como ésos. ¡Si soy reelegido sheriff, todo tipo de facineroso, lo lamentará!

Y dando media vuelta abandonó el local.

Unos segundos después de su marcha, los comentarios que los testigos hacían eran admirativos y de asombro.

Todos sin excepción, elogiaban a Mike, prometiendo que apoyarían su candidatura.

La noticia de lo sucedido se extendió con rapidez por todos los locales de diversión.

Samy Donttas, que conversaba en uno de los locales con un grupo de amigos, al ser informado de las muertes realizadas por Mike, frunció el ceño preocupado.

Uno de los amigos, contemplándole, preguntó:

—¿Preocupado por la habilidad demostrada por el sheriff?

—Muy, muy sorprendido. No podía sospechar que fuese tan peligroso, como para poder derrotar con esa facilidad a enemigos como Abraham Cloudy —respondió Samy.

—Yo siempre aseguré que era un joven peligroso —comentó el propietario del local.

—Lo que en realidad me preocupa ahora son las elecciones a sheriff... ¡Los errores de cometidos por Abraham y sus hombres pueden dar el triunfo a Mike! ¡Le han convertido en un verdadero ídolo! —Comentó Samy.

—Estoy de acuerdo... —agregó el propietario del local.

—John Jones, si es que ha tenido que ver algo en todo lo sucedido, no creo que pueda considerarse muy satisfecho —añadió Samy.

—Nadie podía sospechar que un hombre como Abraham Cloudy pudiera fracasar.

—¡Caro ha pagado sus errores! —exclamó Samy.

—A mi juicio, el terrible error fue de Norton y Mann. Cuando le arrastraron, debieron rematarle al romperse los lazos —comentó el propietario del local.

—¡Si lo hubieran hecho, aún vivirían todos ellos! —agregó otro.

—Pensar que Mike pueda ser reelegido sheriff, me asusta mucho —dijo el propietario del local.

—Pues, después de lo sucedido, no me sorprendería —replicó Samy.

—Suponiendo que triunfase, ¿te enfrentarías a él?

Samy, sonriendo de forma especial, dudó unos segundos, para decir al fin:

—Todo depende del precio que ofrecieran...

—¿Te consideras capacitado para derrotarle en

lucha noble? —preguntó uno.

Samy miró de forma tan especial al que había hecho la pregunta, que le hizo palidecer intensamente, mientras respondía:

—Soy mucho más peligroso de lo que era Abraham y menos confiado.

Quienes hablaban con Samy guardaron silencio.

Al reunirse con ellos otros amigos, la conversación se animó.

Mientras tanto Mike Point, se encerraba en su oficina.

Completamente agotado por los dolores que tuvo que resistir, se dejó caer sobre la cama, colocando las armas al alcance de sus manos.

Segundos después se quedaba profundamente dormido.

A la mañana siguiente, Joe Way tuvo que golpear fuertemente la puerta de la oficina para que la abriera.

—¡Eres un hipócrita! —comentó Joe, tan pronto como el amigo le abrió—. ¡Así que no habías reconocido a quienes te arrastraron! ¿Verdad?

—Pasa y no te enfades conmigo —replicó Mike, sonriendo—. ¡Quería ser yo quienes les castigase!

—¡Al menos pude acompañarte! ¿No crees?

—Tranquilízate y piensa que lo principal es que los cobardes que me arrastraron y su patrón han sido castigados.

—¡No te perdonaré que me engañaras!

Mike, sonriendo con simpatía al amigo, dijo:

—Me lavaré un poco e iremos a desayunar.

Joe, después de desahogar su furor, preguntó cariñoso:

—¿Qué tal te encuentras?

—Mucho mejor.

Minutos después salían los dos de la oficina.

Joe, al ver los gestos de dolor del amigo, preguntó:

—¿Por qué no te quedas en la cama?

—No lo considero necesario. Puedo aguantar.

—Los dolores que tienes que soportar deben ser horribles.

—¡Lo son!

—¿Por qué no vamos a qué te vea el doctor?

—Porque me apetece mucho más un buen desayuno.

Entraron en un restaurante, donde Mike fue saludado con simpatía por la vieja propietaria.

—La muerte de Abraham y sus hombres, te ha convertido en un verdadero héroe, Mike... —dijo la vieja—. ¡Mañana todos apoyarán tu candidatura y saldrás reelegido sheriff! ¡Si en efecto es cierto que Abraham y sus hombres actuaron por indicación de otra persona, no creo que en estos momentos se encuentre satisfecho de su error!

—¡Si yo tuviese la certeza de quién es esa persona, tendría que lamentarlo! —Mike exclamó en tono tranquilo.

La vieja sonrió de forma especial, replicando:

—¡Por favor, Mike! ¿Es que vas a decirme que lo ignoras?

—Tengo grandes sospechas, pero no sé en realidad si me equivoco o no.

—¡Todos, al igual que tú, sabemos quién es esa persona!

—¿John Jones? —preguntó Mike.

—¡No puede ser otro! —respondió la vieja.

—¿Por qué lo cree así?

—¡Es el más interesado en que dejes de ser sheriff!

—¿Qué puede importarle a él quién sea el sheriff?

—Piensa que en los negocios que posee, se cometen muchos abusos y delitos y, por lo tanto, es muy importante contar con la ayuda de las autoridades.

Mike, aunque pensaba igual, se sentó en una mesa en silencio.

Joe, observándoles, sonreía abiertamente.

—¿Huevos y jamón para los dos? —preguntó la

mujer.

—Sí —respondió Mike.

Cuando la vieja se alejó, preguntó Joe:

—¿Crees que Abraham y sus hombres actuaron por orden de John Jones?

—Estoy casi seguro de ello. Aunque pienso mucho más en el padre de Sally.

Joe, pensativo, guardó silencio.

Mike respetó el silencio del amigo.

—Pero... ¿Por qué razón puede preocuparle al padre de Sally que seas o no el sheriff de esta ciudad? —preguntó de pronto Joe.

—Prefiere tener como sheriff a un amigo y no a alguien que se interesa por su pasado.

Guardaron silencio al aproximarse la vieja.

—El que debe estar preocupado por la habilidad que has demostrado con las armas, es Samy Donttas, ¿no crees, Mike? —dijo la vieja al servirles el desayuno.

—No creo que le asuste.

—Samy es una mala persona —advirtió la vieja—. Procura no confiarte.

—Así lo haré...

La propietaria del restaurante, para no molestar a los jóvenes mientras desayunaban, se alejó de ellos.

Minutos más tarde entraba Daisy en el restaurante.

Saludando a los dos jóvenes con cariño y sentándose con ellos, dijo a Mike:

—Sería conveniente que salieses de la ciudad hasta que se supiera el resultado de las elecciones.

—¿Alguna razón poderosa por la que me recomiendas tal medida? —preguntó Mike, muy sonriente.

—He oído ciertos rumores que no me agradan —respondió Daisy.

—¿Qué rumores son ésos?

—Al parecer se comenta que no llegarás con vida a mañana.

Mike y Joe se miraron en silencio... No había duda que las palabras de Daisy les preocupaban.

—¿Quiénes son los que hacen esos comentarios?

—Supongo que tus enemigos.

—¿Quién te ha informado sobre ello?

—Una de las muchachas que trabajan para John Jones.

—¿Se lo ha oído decir a John Jones?

—No —respondió Daisy—. Lo comentaban un grupo de profesionales del naipe.

—¿Te dio esa muchacha el nombre de esos jugadores?

—No.

—¿Podrías averiguar sus nombres?

—¡Lo que tienes que hacer es escuchar mi consejo!

—Lo que me has dicho no es una razón para huir.

—Yo estoy de acuerdo con Daisy... —dijo Joe—. Aléjate mientras yo me encargo de averiguar quiénes son los que hacen esos comentarios.

Mike dudó unos instantes, para preguntar a la joven:

—¿En qué local trabaja esa amiga tuya?

Daisy abrió los ojos asustada, preguntando a su vez:

—¿Qué te propones?

—Averiguar quiénes han lanzado esos comentarios.

—¡Tienes que estar loco! ¡No esperes que te diga nada!

Y levantándose de la mesa, abandonó el restaurante.

Capítulo 6

De los tres locales que Gregory Rodney y John Jones poseían en sociedad, sin duda ninguna era el Laramie-Saloon el que más beneficios les reportaba.

Este saloon, atendido personalmente por John Jones, se había convertido en un lugar prohibitivo para los vaqueros, conductores y toda persona de pocos medios económicos, por los precios que se cobraban.

John Jones, con gran habilidad, había conseguido convertir el Laramie-Saloon en el centro de reunión de las personas más influyentes y poderosas de la comarca, donde se discutía toda clase de negocios.

Gregory Rodney entró en este local, siendo saludado por los clientes con respeto y simpatía.

—¡Mister Rodney...! —Dijo un cliente—. ¿Podría decirnos cuándo dará comienzo su campaña electoral?

Gregory Rodney, sonriendo con agrado y simpatía a su interlocutor, contestó:

—Confío en que no tardaré mucho... Prometo informarles tan pronto como lo tenga decidido.

—Si necesita dinero para su campaña, sabe que puede contar con todos nosotros. Lo haremos gustosos —agregó el mismo.

—Gracias, amigos. Si mis reservas económicas no fuesen suficientes, les aseguro que recurriría a ustedes antes que a nadie —replicó Gregory Rodney, satisfecho.

—¡Wyoming precisa hombres como usted para convertirse en un gran Estado... ¡Le ayudaremos en cuanto sea necesario! —exclamó otro.

—Una vez que mis colaboradores y yo tengamos preparada toda la campaña electoral les informaré sobre ella para conocer sus opiniones y poder rectificar cuanto entre todos decidamos.

John Jones, sonriendo complacido, se aproximó a su socio, diciéndole en voz baja:

—Con la ayuda de nuestros clientes y sus amistades por todo el Estado, muy pronto estarás en Washington.

—Así lo espero. ¿Qué es lo que desea Samy Donttas?

—No lo sé.

—Le has interrogado sobre la razón por la que desea hablar conmigo y con tanta urgencia?

—Sí —respondió John—. Pero me ha respondido que es un asunto privado.

—Hablaré con él ¿Dónde está?

—En mi despacho.

Mientras caminaban hacia el despacho de John, Gregory preguntó:

—¿Fue idea tuya el que arrastraran a Mike?

—No.

—Fue un error.

—Sí. Con ello han convertido a Mike en un verdadero ídolo... ¡Sospecho que mañana volverá a ser reelegido!

—¿Qué opinan tus clientes?

—¡La mayoría piensan que Mike es muy honrado y un magnífico sheriff! Y después de la prodigiosa habilidad que ha demostrado con las armas, opinan que es el hombre que precisamos para implantar la ley y el orden.

—Si es reelegido, tendrás que pensar en algo para librarnos de él.

—Debimos hacerlo mucho antes de ahora.

—Si no conseguimos que mañana deje de ser sheriff, actúa bajo tu criterio —indicó Gregory—. ¡Me asusta lo que haya podido averiguar sobre nuestro pasado...! ¡Y quiero llegar al Senado!

Guardaron silencio al entrar en el despacho.

Samy Donttas se levantó para saludar a Gregory Rodney, diciendo a John, sonriente:

—No te molestes conmigo, John, pero me gustaría conversar en privado con mister Rodney.

—John es un buen amigo en el que confío —dijo Gregory.

—A pesar de ello, mister Rodney, quisiera hablar a solas con usted.

Gregory Rodney, después de observar con enorme minuciosidad a Samy, dirigiéndose a John, le dijo:

—Déjanos a solas, por favor.

John Jones, obediente, les dejó a solas.

Mezclándose entre sus clientes, se apoyó al mostrador y pidió un whisky, quedando su mirada fija en la puerta de su despacho.

Perry Snow, juez de la ciudad, se aproximó a John, diciéndole:

—Debes evitar que mister Rodney apoye la candidatura a sheriff de Samy Donttas. Podría perjudicarle para sus pretensiones políticas.

—Mister Rodney no apoyará a ninguno de los candidatos.

—Me han dicho que está reunido con Samy.

—Hablando de asuntos privados.

—Estoy seguro de que Mike será reelegido. ¡Su triunfo se lo deberá a las estupideces cometidas por Abraham Cloudy y sus hombres!

—Soy de tu misma opinión.

—¿Actuaban por orden tuya?

—No —respondió John—. ¡Jamás se me hubiera ocurrido ordenar que arrastrasen a Mike, sin darle muerte!

—Hace un par de horas que he estado hablando con Mike y con ese larguirucho, que es ranchero de Medicine Bow y amigo de miss Sally Rodney... Me ha dicho que sospecha que Abraham y sus hombres actuaban por orden tuya.

—Eso no debe preocuparte. No es cierto, pero además, va a poder demostrar —replicó John, sin perder de vista la puerta de su despacho.

—Me preocupa el que haya decidido utilizar las armas. ¡Y sobre todo con la habilidad demostrada!

—¿Qué más te ha dicho en su entrevista?

—Que procure cumplir con mi deber con honradez... ¡Y que antes de dejar en libertad a quienes él detenga, que medite bien en las consecuencias trágicas que podría tener esa acción para mí!

John, contemplando al juez, frunció el ceño, comentando:

—Eso es una amenaza. ¿Cómo es que se lo has consentido?

—¿Qué puedo hacer frente a él?

—¡Debes denunciarle al gobernador!

—Sabes que Mike es como un hijo para el gobernador. ¿Piensas que me haría caso?

—Presiento que tendremos que actuar nosotros de otra forma. ¡Si es reelegido tendrá serias complicaciones...!

—Pero evita que se informe que serás tú quien le complique la vida... ¡Le creo muy capaz de colgarte sin juicio...! Me parece que solo necesita que hagas cualquier pequeño movimiento que no le guste, para hacerlo.

—Esperemos a conocer el resultado de las elecciones mañana.

—No confíes en que Samy Donttas triunfe. ¡Mike, por los errores de Abraham se ha convertido en un verdadero héroe!

—Puede que el whisky haga cambiar de ideas a muchos.

—Mike se ha adelantado. Me ha pedido, vas bien exigido, que mañana no se permita votar a quienes presenten síntomas de embriaguez.

—Lo que tienes que hacer es que en las dos mesas que se encarguen de controlar la votación, sean ambos amigos.

—Mike me ha pedido que ese ranchero de Medicine Bow presida una de las mesas.

—No puedes permitir que un forastero presida una de las mesas.

—Así se lo he dicho. Y fue entonces cuando me dijo que tuviera mucho cuidado con lo que hacía. ¡Que si os ayudo de una forma deliberada, podría conducirme a la horca!

—¡No has debido permitir que te amenace de esa forma!

—¿Qué puedo hacer?

—¿Te amenazó ante testigos?

—Sólo ante ese amigo suyo. Esa es la razón por la que me he concretado tan solo a protestar por sus amenazas.

—¿Hizo algún comentario el amigo de Mike?

—No —respondió Perry—. Aunque su eterna sonrisa, mientras escuchaba, me puso nervioso. Me parece que es otro experto con el «Colt».

—¡Ayer llegaron unos hombres a la ciudad que es muy posible nos presten un gran favor...! —Dijo John—. Alguno de ellos confía completamente en que mañana podamos asistir al entierro de Mike.

—Si así fuera, tendríamos que estarles agradecidos siempre —comentó el juez, muy contento.

John Jones, riendo de buena gana, exclamó:

—¡Creo que le quedan pocas horas para vivir!

—Sería muy acertado, si conoces a esos hombres, que les aconsejes que deben tener mucho cuidado con Mike. ¡Es muy peligroso!

—Le conocen hace tiempo y no ignoran el peligro que tiene enfrentarse a él.

Minutos después, Perry Snow, reclamado por un grupo de amigos, se separó de John.

Este, que seguía pendiente de la puerta de su despacho, empezó a intranquilizarse por el tiempo que llevaban encerrados los ocupantes del mismo.

El hecho de que Samy Donttas lograra retener por tanto tiempo a Gregory Rodney, le hizo pensar que la conversación tenía que ser muy importante para su socio.

Al fin, la puerta del despacho se abrió, apareciendo Samy Donttas sonriente.

John, al fijarse en Samy, comprendió que salía satisfecho de su entrevista.

Samy, después de saludar a John con el gesto, se dirigió hacia la puerta de salida.

John, muy impaciente por ser informado de cuanto su socio hubiera hablado con el pistolero, se dirigió hacia su despacho.

Al entrar y fijarse en la lividez que cubría el rostro de Gregory, se impresionó.

—¿Qué ha sucedido? ¡Estas lívido como un cadáver! ¿Es que no te encuentras bien? ¿Qué quería? —preguntó John, curioso.

Gregory, paseando por el despacho, muy furioso, casi gritó, diciendo:

—¡Samy debe morir!

John, sin poder evitarlo, abrió con enorme sorpresa sus ojos.

Después, observando con detenimiento y minuciosidad al amigo, frunció el ceño, para preguntar:

—¿Qué te ha dicho para tomar tal decisión?

—¡Ese miserable conoce nuestro pasado e intenta aprovecharse de ello!

John, frunció ahora el ceño preocupado y sentándose en un cómodo butacón, dijo:

—¡Por favor, Gregory! ¡Deja de pasear y no me pongas más nervioso de lo que estoy!

—¡Tienes que ordenar su muerte! —ordenó Gregory.

—Me ocuparé de todo, pero, antes necesito que me informes, de toda la conversación, pero sin omitir ningún detalle.

Gregory, se dejó caer en otro butacón y contemplando fijamente al amigo, exclamó:

—¡Sabe todo lo que hicimos por Colorado y que somos socios!

—¿Quién ha podido informarle de todo eso?

—¡Lo hizo el cobarde de Abraham!

—¡Maldito sea!

Gregory Rodney, una vez que consiguió serenarse, dio cuenta al socio de todo cuanto Samy Donttas le había pedido por su silencio.

—¿Has aceptado? —preguntó John, al dejar de hablar el amigo.

—¡Qué remedio! —contestó Gregory.

—¡Me opongo rotundamente a entregar a ese miserable un solo dólar!

—Piensa que de momento, no podemos negarnos... ¿Te imaginas lo que sucedería si hablase con Mike sobre nuestro pasado?

John, pensando en lo que el amigo le decía, no pudo evitar palidecer.

—¡Tendremos que pensar en algo que nos libre de ese maldito ambicioso!

—Pero no debemos perder tiempo.

—Creo que ha llegado el momento de recurrir a Dayton Stone y a sus hombres... Le voy a enviar recado para que venga.

—Confío que acabes con él, pero ¡antes de que sea demasiado tarde!

—Dayton Stone se ocupará de él. ¡Lamentará haberse dejado llevar por su ambición! ¡Si llego a sospechar lo que deseaba, no habría salido de aquí con vida!

—No hubieras podido justificar su muerte. ¡Hay que emplear la astucia!

—¡Ahora me alegro que Mike pueda lograr el ser reelegido!

—Mike es nuestro peor enemigo.

—Mucho más lo sería Samy si consigue llegar a ocupar su cargo.

—Deberemos ocuparnos de los dos.

—Daremos instrucciones a Dayton Stone.

—¿Crees que se atreverá a enfrentarse a Samy?

—Dayton, recuérdalo, siempre fue muy hábil para esta clase de trabajos.

—Pero en esta ocasión el enemigo, no se fiará de él.

—No esperes que Dayton actúe con nobleza. Nunca lo hace con los enemigos que son peligrosos. ¡Los eliminará protegiéndose en las sombras de la noche!

—¿Aceptará el trabajo?

—Si somos generosos, lo hará encantado.

—¿Cuánto le ofrecerás?

—La misma cantidad que Samy te ha pedido por su silencio.

—Me parece bien...

Después de mucho hablar, los dos regresaron al local... Ambos fueron rodeados por varios clientes.

Joe Way se reunió con ellos, diciendo:

—Me gustaría hablar con usted, mister Rodney.

—¡Hola, Joe! ¡Me alegra verte! —exclamó Gregory. ¿Has estado con Sally?

—Sí.

Y después de estrecharse la mano, se separaron del grupo. Después de varios minutos de conversación, dijo Gregory:

—Comprendo perfectamente vuestra impaciencia, pero con sinceridad, ¿no podríais esperar unos meses? ¡Me gustaría ser senador para apadrinar a mi hija!

—Consiga los cargos que consiga, Sally tan sólo

verá en usted a su padre.

Gregory Rodney quedó unos instantes en silencio para replicar:

—¡Creo que tienes razón! ¿Cuándo deseáis casaros?

—¡Me alegra mucho que lo haya comprendido...! —exclamó Joe, alegre—. ¿Qué le parece dentro de quince días?

—¡De acuerdo! ¡Lo único que te pido, es que hagas muy feliz a mi hija!

—¡Me esforzaré en ello!

Y ambos se abrazaron.

Segundos después, Gregory Rodney, comunicaba a sus amigos el próximo enlace matrimonial de su hija con Joe Way.

Todos felicitaron a Joe.

—¡Eres afortunado, muchacho...! —exclamó uno de los reunidos—. ¡Te llevas a la mujer más bonita de Wyoming!

Estuvo recibiendo felicitaciones de muchos clientes. Algo más tarde, Joe, decía:

—¡Perdóneme, mister Rodney! ¡Pero estoy deseando comunicar a Sally su cambio de opinión!

—Lo comprendo, hijo... —replicó Gregory, cariñoso.

Joe se despidió de todos. Alegre, se dirigió al encuentro de la mujer amada.

—¿Has conseguido hablar con mi padre? —le preguntó, al reunirse con ella.

—¿Acaso no lees en mi rostro la alegría que me invade?

Sally, mirando fijamente al hombre amado, preguntó:

—¿Quieres decir que tenemos su consentimiento para casarnos?

—¡Dentro de quince días! ¡Ya se lo ha comunicado a sus amigos!

—¡Qué alegría!

Pero la alegría de la joven desapareció al decir:

—¿Le has dicho la verdad de nuestras prisas?

—No.

—¿Crees que debemos seguir ocultándolo?

—Aunque yo no lo considero un delito, creo que debemos esperar a decírselo.

—¿No se enfadará más si se lo ocultamos?

—Cuando lo comprenda, nos disculpará...

Capítulo 7

Más tarde Joe fue a reunirse con Mike para hacerle partícipe de su alegría. Pero no le encontró en su oficina, y se dirigió hacia el local de Daisy.

Le informó de lo que pasaba y Daisy, contesto:

—¡Enhorabuena, Joe! ¡Confieso que estaba equivocada con mister Rodney! ¡Nunca creí que accediese a que te casaras con su hija!

—En esta vida, todos nos equivocamos a veces —replicó Joe.

—Buscas a Mike, ¿verdad?

—Sí —contestó Joe—. No estaba en su oficina.

Daisy que estaba detrás del mostrador, esperó a que el joven se aproximase cerca de ella para decirle en voz muy baja:

—He conseguido convencerle para que esté fuera de la ciudad hasta que se sepa el resultado de las elecciones de mañana. ¡Y creo que ha marchado en el momento propicio! Hay dos forasteros a quienes no conozco, que han preguntado por él con mucho interés. ¡Y no me agrada el aspecto de esos dos hombres! ¡Huelen a pistoleros a muchas millas de distancia!

—¿A quiénes te refieres?

—No mires ahora —contestó Daisy—. Los dos visten de negro y beben en una mesa al fondo del local y al lado de una ventana.

—A tu juicio —replicó Joe, sin mirar hacia los indicados—. ¿Con qué fin crees que han preguntado por él?

—¡Sin duda alguna para evitar que llegue con vida a mañana!

—¡Si eso fuera cierto...! —replicó Joe, de forma especial.

—Tú, procura no intervenir en nada... ¡Tengo el presentimiento que es preciso una habilidad superior a la que Mike posee, para enfrentarse a hombres como ésos!

—¿Dónde puedo encontrar a Mike?

—Lo ignoro. Supongo que estará por los alrededores de la ciudad.

—¿Piensas que pasará la noche en pleno campo?

—Es el lugar más seguro.

—¿No tiene un amigo en quien confiar?

—Después de los comentarios que han hecho estos hombres, sabiendo que le buscan, no sería recibido con agrado en ninguna parte, excepto el herrero, pero allí estoy segura que no estará porque sabe que irían enseguida a buscarle.

—¿Tan cobardes son los vecinos de esta ciudad?

—Son temerosos de quienes carecen de escrúpulos.

Daisy, al ser reclamada por unos clientes, se separó del joven.

Momento que Joe aprovechó para con gran disimulo, echar un vistazo a los hombres de quienes le había hablado Daisy.

Recordando las palabras de la joven, mientras

les estaba observando, comprendió que como bien le había dicho Mike, tenía un gran olfato para detectar a los cobardes.

El aspecto de aquellos hombres, no había duda de ello. No ofrecía ninguna confianza.

Daisy volvió a reunirse con él, diciéndole:

—¡Tienes que encontrar a Mike y evitar que regrese!

—¿Sucede algo?

—¡Acaba de informarme el herrero, que otros dos compañeros de ésos, le han estado preguntando por Mike!

—¿Cómo sabe el herrero que son compañeros de esos dos? —preguntó Joe.

—Les vio llegar juntos ayer.... Estuvieron en su taller para que les herrara un caballo. ¿Les has observado?

—Sí.

—¿Qué te parecen?

—Creo que no te equivocas. ¡Huelen a pistoleros a mucha distancia!

—Busca a Mike y evita que regrese. Si mañana es reelegido sheriff, es muy posible que esos hombres desistan de sus intenciones.

—Hablaré con ellos y trataré de informarme.

—¡Por favor, Joe, no seas loco...! Preocúpate de buscar a Mike y de advertirle del peligro que corre si se le ocurre regresar esta noche.

—Antes conversaré con esos dos e intentaré que me digan la razón de su interés por Mike. ¡Y no temas por mí! ¡En caso de necesidad, soy mucho más hábil que Mike!

—¿Lo dices para tranquilizarme? —preguntó Daisy.

—No —respondió Joe, sonriendo—. Lo digo porque es verdad.

—A pesar de ello, procura ser juicioso.

En esos momentos, uno de aquellos dos forasteros, realizando un disparo destrozó en mil pedazos el vaso que había al lado de Daisy y Joe, mientras gritaba:

—¡Ven a servirnos, preciosa!

Los reunidos, impresionados por la exhibición de aquel hombre, le contemplaban con enorme curiosidad.

El pistolero, enfundando el «Colt» utilizado, sonreía de forma muy especial mientras recorría con la mirada a todos los reunidos.

Daisy, francamente impresionada, quedó como petrificada.

Joe, volviéndose hacia los dos forasteros, dijo sereno:

—Tu exhibición, amigo, te costará por lo menos un par de dólares.

—Creí que la propietaria de este local era esa joven tan bonita —replicó el que había realizado el disparo.

—Y lo es —respondió Joe.

—Entonces, ¿crees que decidirá cobrarme lo que he roto?

—Es de suponer que lo haga... —respondió Joe.

Aquellos dos hombres rieron abiertamente.

El compañero del que había efectuado el disparo, sonriendo, dijo:

—Sospecho que esa muchacha es mucho más inteligente que tú y no se le ocurrirá reclamar nada. ¡Pero en caso de que yo esté equivocado, tendrías que abonarlo tú!

El que disparó, al escuchar al amigo, rio a carcajadas.

Joe, observando serenamente a aquellos dos hombres, esperó a que aquél dejase de reír para decir:

—Te equivocas. Ese sería un abuso que no permitiría.

Daisy, asustada por la expresión de enfado y rabia del rostro de los pistoleros, se apresuró a decir:

—¡No debéis discutir por una tontería! ¡No pienso reclamar nada!

El que había disparado, mirando al compañero, le dijo:

—No te equivocaste al sospechar que esa muchacha era mucho más inteligente que ese larguirucho.

Daisy, con disimulo y asustada, hizo una seña a Joe para que guardara silencio.

Y Joe, sonriendo, complació a la joven.

—¿Un par de whiskys o una botella? —preguntó Daisy a aquellos dos hombres.

—Si es invitación de la casa, preferimos una botella —respondió uno.

Joe, observó con fijeza a la joven, en espera de su decisión.

Daisy, después de una breve duda, cogió una botella y salió con ella de detrás del mostrador.

Los dos forasteros sonreían complacidos.

Joe estaba muy furioso.

—¡No hay duda que eres tan inteligente como bonita...! —exclamó el que había disparado—. ¡Es muy agradable llegar a un acuerdo con gente como tú! ¿No quieres sentarte y charlar un poco con nosotros?

—He de atender a mis clientes.

—Acaso, ¿no nos consideras clientes tuyos?

Daisy volvió a dudar unos instantes, para responder:

—El barman tiene muchos años y he de ayudarle. Aparte de que no acostumbro a alternar con mis clientes.

—Si es una costumbre en ti, puedes retirarte...

Daisy no esperó a que se lo ordenaran nuevamente.

El que había disparado, dijo al amigo:

—¿Por qué no debe alternar con nosotros?

—Porque debemos estar pendientes de la puerta... —respondió el otro—. No me gustaría que nos sorprendiera el sheriff.

El otro guardó silencio.

Daisy pasó detrás del mostrador y sirvió otro

whisky a Joe.

Este, sonriendo a la joven, le dijo:

—Admitir que hombres como esos abusen de uno, es un grave error.

—Me asusté del aspecto de esos dos...—confesó Daisy—. ¡Hay algo en la expresión de sus rostros y en la frialdad de sus miradas, que me aterra!

—Esperaré unos minutos antes de darles una lección.

Daisy abrió los ojos asustada, diciendo:

—¡Por favor, Joe! ¡Deja en paz a esos hombres!

—Tranquilízate y atiende a tus clientes —replicó Joe, sonriéndole cariñoso—. Voy a demostrarles que es muy sencillo romper un vaso a esta distancia.

—¡Te pido que seas sensato! —pidió Daisy.

—Sé cómo tratar a esta clase de nombres.

Y separándose del mostrador, se dirigió hacia la mesa en que bebían tranquilamente los dos pistoleros.

Daisy, conteniendo la respiración y con los ojos muy abiertos por el pánico que la dominaba, observó al joven amigo.

—Me ha dicho Daisy que habéis preguntado por el sheriff.

—Así es —respondió uno—. Acaso, ¿sabes dónde podemos encontrarle?

—Pues es de suponer que ya no tarde mucho —respondió Joe, con naturalidad—. ¿Qué es lo que deseáis de él?

—Eso, muchacho, no creo que pueda importarte.

—Mike, como se llama el sheriff, es el prometido de mi hermana. Tengo mis razones para asustarme de vuestro interés por él...

—Así que el sheriff es el prometido de tu hermana, ¿no es eso, muchacho?

—Cierto...

El que no había disparado y que parecía tener autoridad sobre el otro, comentó:

—Pues entonces tu hermana deberá pensar en otro hombre si desea formar un hogar. ¡Lo único que se puede hacer con los muertos, es enterrarles!

Joe, ante aquel comentario, no pudo evitar impresionarse porque se daba cuenta de que esperaban a Mike para matarle pero lo que le preocupaba es que seguramente lo harían sorprendiéndole de alguna manera.

Algo parecido sucedía a los reunidos, que contemplaban a aquellos dos hombres, con claro miedo.

Daisy, por su parte, se estremeció... Después de escuchar aquello, no podía dudar de que las intenciones de aquellos hombres eran homicidas.

El compañero, observando el miedo que se reflejaba en los rostros de todos los que les contemplaban, reía de buena gana.

—¡Has asustado a todos, Douglas! —exclamó.

—¿Pensáis matar a Mike? —preguntó Joe.

—Aun sintiéndolo por tu hermana, no tenemos más remedio que terminar con él. Es lo que hemos prometido —respondió el llamado Douglas.

—¿Qué os ha hecho Mike?

—Tiene una cuenta pendiente con nosotros desde hace varios años. ¡Antes de que el gobernador de este Estado le protegiese!

—Comprendo —comentó Joe, sereno—. ¿Pensáis disparar sobre él por sorpresa o le provocaréis con nobleza y en igualdad de condiciones?

—A ver... No necesitamos recurrir a la sorpresa —respondió Douglas—. ¿Es que no nos ha reconocido nadie? ¡Mi compañero es Samuel Slim y yo soy Douglas Patrick!

Varios de los reunidos, de forma instintiva, retrocedieron.

Samuel Slim, como se llamaba el que había disparado, dirigiéndose a uno de los que habían retrocedido al escuchar sus nombres, le preguntó:

—¿Dónde oíste hablar de nosotros?

Con cierta dificultad al hablar y después de tragar reiteradas veces saliva, respondió el interrogado:

—En Cheyenne...

—¿Qué te hablaron de nosotros para asustarte al escuchar nuestros nombres?

—Se aseguraba que en compañía de Olson Krener y Lucky Foster, podríais derrotar a los más afamados pistoleros del sudoeste.

—Si es eso lo que oíste, ¿por qué te has asustado?

—Es que decían que cada uno de vosotros habíais matado a más de diez hombres.

—Y puedo asegurarte que es verdad... —dijo Douglas Patrick—. Pero todos cayeron frente a nosotros, en lucha noble y de frente.

—Si eso es cierto —comentó Joe, admirando a los reunidos por su serenidad—. ¡No tengo razón para preocuparme! ¡Mike jugará con vosotros!

Los pistoleros, sin poder evitarlo, rompieron a reír a carcajadas. Después miraron con detenimiento a Joe, diciendo Douglas:

—¡No sabes lo que dices, muchacho! ¿Es que no has oído hablar de nosotros?

—Mike me habló mucho de vosotros... ¡Pero me aseguró que formabais un póquer de malditos cobardes! —respondió Joe.

Los dos pistoleros palidecieron ligeramente.

—¿Es eso lo que Mike te habló de nosotros...? —Preguntó Samuel Slim, sonriendo como un loco.

—En efecto. ¡Tengo la seguridad que cuando os vea frente a él, se alegrará mucho!

—¡Vuelve al mostrador y espera a que Mike entre...! ¡Ya le verás temblar cuando se fije en nosotros! —dijo Douglas.

—Supongo que Olson Krener y Lucky Foster, no estarán esperando en la calle a que Mike entre para sorprenderle por la espalda, ¿verdad?

—¡Cállate...! ¡Te hemos dicho que no necesitamos recurrir a la traición! ¿Es que acaso lo dudas? —Gritó Samuel, furioso.

—Es que me sorprende mucho que no estén con vosotros. Tengo entendido que nunca os separáis —respondió Joe, sonriendo.

—Olson y Lucky buscan por otros locales a vuestro sheriff... ¡No precisamos estar en grupo para terminar con el cobarde de Mike!

—Podéis decir cuánto se os antoje de Mike, pero nunca creeré que es un cobarde.

—¡Eso es que te tiene muy engañado!

Joe, encogiéndose de hombros, regresó al mostrador.

Cuando se apoyaba, Daisy le dijo:

—¡Eres un suicida!

Joe, sin dejar de sonreír, guardó silencio... Pero segundos después, aprovechando que ninguno de los pistoleros le prestaba la menor atención, empuñó sus armas disparando una vez con cada una.

Los vasos que Douglas y Samuel sostenían en sus manos, alcanzados con precisión matemática, volaron rotos en mil pedazos.

El mayor de los asombros se apoderó de todos.

Los pistoleros, lívidos como cadáveres, contemplaban a Joe con preocupación.

Daisy, contemplaba al joven sin dar crédito a lo presenciado.

Joe, convertido en el blanco de todas las miradas, sonreía abiertamente.

—¿Qué te ha parecido, Samuel...? —Preguntó Joe, burlón—. ¿No crees que tenía motivos más que sobrados para no dejarme impresionar por tu exhibición?

El interrogado, realizando un gran esfuerzo por serenarse de la impresión que le había causado lo sucedido, respondió:

—No hay duda que tu pulso es sereno...

Joe, apuntando con sus armas a los pistoleros, volvió a preguntar:

—¿Quién os ha ordenado eliminar a Mike?

—Nadie —respondió Douglas, sereno, demostrando con ello ser el más peligroso de los dos—. Hace años que estuvimos a punto de morir los cuatro por su culpa y juramos que le mataríamos tan pronto se nos presentase una oportunidad.

—Si en verdad conocieseis a Mike, jamás hubierais hecho ese juramento. ¡Sois muy inofensivos para enfrentaros con lealtad a él!

—Como no estamos locos, mientras esgrimas esas dos razones tan convincentes, no te vamos a llevar la contraria... Pero advierto, que si no piensas disparar sobre nosotros, aprovechando tu ventaja, será conveniente que no sigas dudando de nuestra palabra. ¡Es algo que no te perdonaremos y tendríamos que matarte, en la primera oportunidad que se nos presente! —replicó Douglas, completamente sereno.

—Estás muy equivocado, amigo... —replicó Joe—. Podría jugar con vosotros con la misma facilidad que lo haría Mike.

—Es fácil hablar como lo haces, dada tu situación —dijo Samuel.

—Yo sé que si hubierais visto entrar a Mike, no le habríais dado una sola oportunidad de defensa... ¡Habríais actuado como estáis acostumbrados a hacerlo! ¡A traición y por la espalda!

Capítulo 8

—¡Eso no es cierto! —Exclamó Douglas, con voz sorda—. ¡Si Mike te ha dicho eso de nosotros, mintió!

—Mike es incapaz de mentir, aunque en ello le fuera la vida —dijo Joe—. Recuerdo una historia que me contó sobre vosotros, que os define perfectamente... Vuestra víctima era un sheriff de un pequeño pueblo de Kansas... ¿No es cierto que le acorralasteis entre los cuatro y cuando viéndose perdido se entregó le asesinasteis a sangre fría?

—¡Aquel hombre merecía mil veces la muerte! —exclamó Samuel.

—No es cierto —dijo Joe—. Aquel hombre sólo cumplía con su deber.

—Esa historia es totalmente cierta... Mike no te engañó al asegurar que asesinamos a aquel sheriff. ¡Pero lo hicimos, porque a su vez él, había asesinado a varios en nombre de la ley! —dijo Douglas.

—No te creo, Douglas… Le asesinasteis porque gozáis con ello. ¡Porque no sois más que unos cobardes! —replicó Joe.

—De cobardes es aprovechar tu sorpresa para insultarnos —replicó Samuel.

Joe, contemplando con detenimiento a los dos pistoleros, dijo:

—Os considero tan inofensivos y despreciables, que os daré una oportunidad para defender vuestras vidas.

—Entonces… ¿En qué consistirá esa oportunidad? —preguntó Douglas.

—En permitir os enfrentéis a mí en igualdad de condiciones.

—Pero… ¿Serás tan loco de hacer lo que dices? —preguntó Douglas, burlón.

—Desde luego.

Daisy, asustada de las intenciones de Joe, exclamó:

—¡No cometas esa locura, Joe…! ¡Piensa que en caso contrario, ellos jamás te iban a permitir que te defendieras!

—Es muy lógico que así sucediera, puesto que ellos son unos cobardes —replicó Joe, sonriendo.

—¡Déjate de insultarnos y enfunda tus armas…! —exclamó Samuel, furioso.

—No esperes que haga lo que ha dicho… ¡No es más que un fanfarrón que nos tiene mucho miedo! —agregó Douglas.

Uno de los que estaban allí reunidos, que conocía perfectamente a los dos pistoleros, sin poder contenerse, dijo:

—¡Lo que te propones, muchacho, no es más que un suicidio por tu parte! ¡Conozco a esos dos muy bien y te aseguro que jugarán contigo!

—No tema, amigo —replicó Joe—. Mañana podrán disfrutar dando sepultura a este par de indeseables…

—Hablas demasiado pero no cumples tu palabra

—dijo Douglas.

—No temas, cobarde, jamás me vuelvo atrás de lo que digo —contestó Joe, al tiempo de enfundar sus armas ante la sorpresa general de los reunidos—. ¡Cómo veis, ya estamos en igualdad de condiciones!

Daisy contemplaba al joven amigo convencida de que era un loco.

Quienes conocían o habían oído hablar de aquellos dos pistoleros, consideraban aquel acto de Joe, un verdadero suicidio.

La sonrisa de los dos pistoleros se amplió de forma extensa.

Eran sin duda, los que menos crédito daban a lo que consideraban una fanfarronada por parte del adversario.

En los ojos de los pistoleros se podía apreciar un brillo especial y trágico.

—¡Jamás en mi vida pude sospechar que me tropezaría con un estúpido loco como tú, larguirucho! —exclamó Douglas.

—Piensa que cuando os concedo el honor de la defensa, es por una razón poderosa, y no es preciso ser muy inteligente para llegar a la conclusión de que os considero muy inferiores —dijo Joe.

—¡Tu locura, te va a costar la vida!

—Estoy frente a vosotros y pendientes de vuestras manos —dijo Joe—. No estoy de espaldas a vosotros, que es la única forma en que podéis resultar peligrosos... ¡Tengo la total seguridad de que siempre que habéis disparado lo habéis hecho a traición y por la espalda!

—¡Grave error el tuyo!

—Si es así, ¿a qué esperáis para demostrármelo?

—Antes de terminar contigo, deseamos gozar de tu estupidez —respondió Douglas.

—Sois vosotros dos los únicos estúpidos... Si hubiera dudado un solo segundo de mi superioridad sobre vosotros, ¿creéis que os hubiera concedido la defensa...? —Dijo Joe, sereno y sonriente.

—¡Estoy seguro que lo has hecho por presumir ante los testigos de un valor del que claramente careces! —Contestó Douglas—. ¡Debes ser tan fanfarrón que no alcanzas a comprender las consecuencias tan trágicas que supondrá para ti la locura cometida!

—¡Gran sorpresa va a recibir este pobre tonto, cuando el plomo de nuestras armas muerda en sus carnes! —agregó Samuel.

Los testigos les contemplan, casi sin respirar.

Todas las miradas estaban clavadas en las manos de los contendientes, en espera del movimiento homicida.

—Pues... Vais a sufrir una terrible decepción... —comentó Joe.

Samuel, mirando unos instantes a su compañero, le dijo:

—¿Qué te parece si terminamos con él?

—No seas impaciente —respondió Douglas—. Permite que intente convencer a ese loco del error cometido.

—Yo creo, Samuel, que tu compañero retrasa nuestro duelo, porque ha comenzado a comprender que estáis perdidos —dijo Joe—. ¿No es así, Douglas?

—¡Seas o no un fanfarrón o un loco, no hay duda que eres sereno!

—Y muy superior a vosotros, por lo que cuando decidáis que os mate, procurad ser lo más rápidos...

Joe se interrumpió al ver moverse las manos de sus adversarios.

—¡Han estado muy cerca de sorprenderme! ¡Confieso que eran más rápidos de lo que yo imaginé! —comentó Joe, respirando con profundidad, después de haber disparado.

Con los ojos muy abiertos por la enorme sorpresa que se había apoderado de todos los presentes ante el increíble resultado del duelo, contemplaban con fijeza los cadáveres de quienes consideraban mucho más peligrosos.

Daisy, sin duda alguna, era la más sorprendida.

A pesar del temblor de sus piernas, provocado por el pánico pasado, salió del mostrador para abrazarse a Joe que la sonreía cariñoso, exclamando:

—¡No recuerdo haber pasado más miedo en mi vida! ¡Estaba convencida de que tu actitud era una locura y un suicidio!

—Lo importante, en especial para mí, es que estuvieras equivocada —le dijo Joe.

Los reunidos, al reaccionar de su sorpresa, felicitaron entusiasmados al triunfador.

—Ahora deberás tener mucho cuidado con los compañeros. ¡Tan pronto se enteren, te buscarán con propósitos homicidas!

—Si supiera donde encontrarles, iría a su encuentro —comentó Joe—. Frente a esta clase de hombres, es preferible enfrentarse abiertamente a vivir con el temor de que en cualquier momento puedan disparar sobre tu espalda.

—No temas, muchacho —agregó uno de los reunidos—. Serán ellos quienes vengan en tú busca, tan pronto como se enteren de la muerte de sus compañeros... ¡Lo único que tendrás que hacer para que te encuentren, es esperarles aquí!

—¡Tienes que marchar ahora mismo al rancho de Sally! —pidió Daisy.

—Estoy dispuesto a librar a Mike del peligro que supondrá para él esos hombres. Así que esperaré a que nos visiten —replicó Joe.

—¡Los compañeros pueden resultar más peligrosos que ésos!

—Por muy peligrosos que resulten, morirán a mis manos... ¡Con ello, haré un gran favor a la ciudad y a Wyoming!

Daisy, con el deseo exclusivo de alejar al joven de la ciudad, le propuso:

—¿Quieres que recorramos los alrededores en busca de Mike? Puede que le interese hablar con los compañeros de tus víctimas.

Joe, dándose cuenta de los verdaderos

propósitos de la joven, la observó con simpatía, diciéndole:

—Agradezco tus intenciones, pero jamás he dado la espalda al peligro. Y como ya te he dicho, frente a hombres como esos, es preferible enfrentarse abiertamente a ellos antes que darles la oportunidad que disparen por la espalda.

Mientras ellos hablaban, varios clientes abandonaron el local, extendiendo la noticia de lo sucedido.

A los pocos minutos, en diferentes lugares se comentaba con verdadera admiración la muerte de Douglas Patrick y Samuel Slim, a manos de Joe Way.

Como era de suponer, la noticia llegó muy pronto a los compañeros de las víctimas, cuando bebían y conversaban en compañía de Samy Donttas.

Olson Krener y Lucky Foster, mirándose en silencio entre sí, palidecieron.

—¿Quién es ese Joe Way? —preguntó muy serio Olson a Samy.

—El joven que dentro de unos días se casará con la hija de Gregory Rodney... —dijo Samy.

—Pero... ¿Tan peligroso es como para haber podido derrotar a nuestros compañeros en lucha noble? —preguntó Lucky.

Samy, francamente sorprendido por lo que había oído, respondió:

—Ignoraba que fuese un habilidoso del «Colt»... Que vuestros compañeros hubieran muerto a manos de Mike, no me sorprendería nada después de lo que hizo con Abraham Cloudy y sus hombres, pero frente a ese muchacho es algo que no alcanzo a comprender. ¡Siempre me ha parecido un joven inofensivo!

—¡Ha tenido que sorprenderles...! —Exclamó Olson—. ¡No hay nadie, ni el propio Mike, que pudiera derrotarles!

—¡Y mucho menos evitar que ellos disparasen a su vez! —agregó Lucky.

—¡Les ha tenido que sorprender! —añadió

Olson.

—Desde luego es muy, pero que muy, sorprendente... —comentó Samy.

—¡Nosotros nos encargaremos de vengarles! ¡Vamos, Lucky! ¡Vayamos al encuentro de ese asesino traidor! —Dijo Olson.

Sin más comentarios, los dos se dirigieron hacia la puerta de salida.

Samy, observándoles, sonreía de forma muy especial... Por conocerles, sabía que si encontraban a Joe, le matarían.

Un amigo de Samy se aproximó a él, diciéndole:

—Supongo que esos dos van en busca de Joe Way, ¿verdad?

—En efecto respondió Samy.

—Pues sí es cierto lo que me han contado, no daría un solo centavo por sus vidas.

—Si los conocieras, no hablarías así —replicó Samy.

—¿Acaso les consideras superiores a Douglas y Samuel?

—¡Sin dudas, esos dos debieron ser sorprendidos! —replicó Samy.

—Los testigos afirman que no hubo ventaja ni sorpresa por parte de Joe.

—¡No lo creo!

Y dicho esto, Samy se separó del amigo.

Joe, en el local de Daisy, seguía conversando con ella.

—¡Cuidado, muchacho! —Advirtió el herrero, entrando en el local—. ¡Olson Krener y Lucky Foster se dirigen hacia aquí!

Daisy y sus clientes, contemplaron a Joe con preocupación.

El joven, sonriendo a Daisy, le dijo:

—No te preocupes por mí.

Y dicho esto se marchó hacia una mesa ocupada por unos clientes, sentándose entre ellos. Luego dijo:

—Si preguntan por mí decidles que me he

marchado. Es muy posible que entren con las armas empuñadas y no quisiera matarles por sorpresa.

Como todos permanecían en el más absoluto de los silencios, pendientes de la puerta de entrada, Joe dijo:

—Deben conversar con mucha naturalidad o su silencio les hará comprender que me encuentro entre ustedes y que les esperamos.

Al comprender todos los presentes la justicia de aquel comentario, comenzaron a conversar entre ellos.

Unos momentos después, Olson Krener y Lucky Foster, con las armas firmemente empuñadas, irrumpieron en el local.

Recorriendo con la mirada a los reunidos, Olson preguntó:

—¿Dónde está ese larguirucho que asesinó a nuestros compañeros?

Joe, al ver que nadie respondía, se apresuró a decir:

—Se marchó a los pocos minutos de haber disparado, en compañía de nuestro sheriff.

En silencio todos admiraron la serenidad de Joe.

Olson y Lucky, no dudando de lo que escuchaban, se tranquilizaron enfundando sus armas.

Joe sonreía de forma especial.

Olson y Lucky se dirigieron hacia el mostrador apoyándose en él.

Daisy, al ver la forma con que aquellos dos hombres la observaban, se sintió bastante intranquila.

—Hemos oído decir que nuestros compañeros fueron muertos en lucha noble. ¿Es eso cierto, preciosa? —comentó Lucky, mirando fijamente a Daisy.

—Así es —respondió Daisy.

—¡Mientes! —exclamó Lucky.

—¿Por qué cree que miente? —preguntó Joe, levantándose de su asiento.

Lucky, sin separar su mirada de Daisy, respondió:

—¡Porque les conocíamos muy bien! ¡No es posible que exista nadie tan rápido para haberles matado sin darles tiempo a ellos para disparar!

—Os aseguro que Daisy no os miente —agregó Joe.

El valor y serenidad de Joe, admiraba a los reunidos.

Lucky se volvió molesto hacia Joe, replicando:

—¡Yo digo que miente...! ¡No es posible que...! —Pero se interrumpió al fijarse en la enorme estatura de Joe y frunciendo el ceño, preguntó—: ¿Quién eres tú, muchacho?

—No te equivocas... En efecto, yo he sido quien mató a vuestros compañeros —dijo Joe, sonriente.

Olson, como si hubiera sido mordido por una serpiente venenosa, se volvió con gran rapidez, clavando su mirada en Joe.

—¡Debes estar loco, muchacho por haberte quedado aquí! —Gritó.

—Eso pensaron vuestros compañeros, cuando después de tenerles encañonados, volví a enfundar las armas para darles la oportunidad de defender con nobleza sus vidas. ¡Eran unos malditos novatos! —Replicó Joe.

Olson y Lucky, después de observarse unos instantes bastante sorprendidos, preguntó el primero con el ceño fruncido:

—¿Quieres decir que después de tenerles a tu disposición enfundaste las armas para concederles una defensa en igualdad de condiciones?

—Si lo dudas, puedes preguntar a los testigos.

—¡No le hagas caso, Olson! —Exclamó Lucky—. ¡Ahora comprendo perfectamente lo que sucedió...! ¡Debió sorprenderles cómo ha podido hacerlo con nosotros...! ¡Disparó sobre ellos sin previo aviso!

—Y el hecho de que no haya actuado de igual forma con vosotros, ¿no os dice nada?

—¡Que intentas impresionarnos! —respondió Lucky.

—Y después de veros entrar con las armas ya

empuñadas preguntando por mí, y muy dispuestos a asesinarme, soy tan estúpido de presentarme ante vosotros sin actuar como imaginas hice con vuestros compañeros, ¿no es eso?

Olson, mirando con detenimiento a Joe, comentó:

—Creo, Lucky, que estamos ante un enemigo muy peligroso.

—¡Un asesino traidor! —Gritó Lucky.

—No te dejes obsesionar por la muerte de nuestros compañeros y piensa con sentido. Si en verdad fuese un asesino traidor, ¿consideras lógico que se hubiera presentado ante nosotros como lo ha hecho? —replicó Olson.

—¡Ha querido impresionarnos para que diésemos crédito a su versión!

—Nadie, al menos a mi juicio, expone la vida por impresionar a alguien.

—¡Estoy muy de acuerdo con este muchacho...! —confesó Olson.

Lucky, como un loco, clavó su mirada en el compañero, replicando:

—¡No es posible que admitas que no hubo traición por parte de ese larguirucho!

—Tranquilízate y no te alteres —dijo Olson, sereno—. El hecho de que admita que no hubo traición por parte de este muchacho, no quiere decir que no esté dispuesto a castigarle y a vengar a nuestros amigos.

—Si en verdad habéis venido dispuestos a terminar conmigo, lo único que vais a conseguir, es reuniros con vuestros compañeros en el...

Joe tuvo que interrumpirse para ir a sus armas.

A pesar de que el movimiento iniciado por Olson y Lucky, pareció rapidísimo a los testigos, no consiguieron disparar una sola vez.

Joe, volviendo a admirar a los testigos, salió airoso del duelo.

Olson y Lucky, con las armas a medio desenfundar, se desplomaron sin vida.

Capítulo 9

John Jones, con el rostro completamente cubierto por una intensa palidez, escuchaba de boca de uno de los testigos, perplejo y totalmente aterrado, cuanto había sucedido en el local de Daisy.

Todos los que escuchaban la versión de los hechos, se contemplaban asombrados y como si no pudieran dar crédito a quien hablaba.

Gregory Rodney, pensando en el autor de aquellos hechos, no salía de su asombro.

Un amigo se aproximó a él, diciéndole sonriente:

—No hay duda que tu hija va a estar bien protegida.

—La prodigiosa habilidad de Joe ha sido para mí una gran sorpresa.

Todos volvieron a guardar completo silencio para seguir escuchando a quien contaba, con verdadero entusiasmo, la proeza de Joe Way.

Gregory Rodney, al fijarse en su socio y verle con el rostro totalmente descompuesto, comprendió en el acto quienes debían ser las víctimas.

Cuando le vio separarse de todos los que le acompañaban, aproximarse al mostrador y beber un par de whiskys seguidos, costumbre no habitual en él, sonrió con preocupación por saberle muy impresionado.

Se aproximó a él, diciéndole en voz baja:

—Tu actitud es muy sorprendente, John. ¿Por qué razón te ha impresionado tanto la muerte de esos cuatro?

—¡Confiaba en ellos para que nos libraran de Mike!

—Después de lo que ha sucedido, no creo que fuesen enemigos para enfrentarse a Mike, con nobleza.

—¡Sospecho, por la admiración de los testigos, que tu futuro yerno es mucho más peligroso que el propio Mike!

—Ha sido para mí una gran sorpresa.

—Mike tendrá en él un gran apoyo.

—Esos hombres no debieron confesar que esperaban a Mike para matarle.

—Ni ellos ni nadie podían sospechar que Joe fuese tan peligroso.

—Eso es cierto... ¿Enviaste aviso a Dayton Stone?

—Sí —respondió John—. No creo que tarde mucho en presentarse.

Siguieron hablando animadamente durante muchos minutos.

Gregory Rodney, cuando se reunió con su hija, le dijo:

—¿Sabías que Joe era tan hábil con las armas?

—No —respondió Sally—. ¡Pero me alegro mucho que haya resultado tan peligroso!

—Desde luego de no ser por su prodigiosa habilidad, le habrían matado. ¡Tenías que oír los comentarios que se hacen en la ciudad sobre él!

—Supongo que le considerarán un peligroso

pistolero, ¿verdad?

—¡Ni mucho menos...! —Exclamó Gregory, sonriendo a la hija—. ¡Hablan de él con verdadera admiración!

—Mike será el único que se enfade con él...

—¿Es cierto que la hermana de Joe está enamorada de Mike?

—Y si no se han casado, es porque Mike no ha dejado de ser sheriff.

—Si ése es el obstáculo, puede que mañana deje de ser sheriff.

—A ti te alegraría que Mike dejase de ser sheriff, ¿verdad, papá?

—Me es indiferente, hija...

—Si es así, ¿por qué apoyas a Samy Donttas?

Gregory, observó con curiosidad a su hija, preguntando sonriente:

—¿Quién te ha dicho que apoye la candidatura de Samy Donttas?

—Mike... Y es lo que he oído comentar también a varias personas en la ciudad. Son muchos los que piensan que tu apoyo puede dar el triunfo a Samy.

—Es que le considero mucho más capacitado para implantar la ley y el orden en esta comarca, donde se han dado cita lo peor de Wyoming.

—Mike es un sheriff admirable... —replicó Sally—. Al menos así lo ha demostrado durante su mandato.

—Pero lo más importante es que el sheriff consiga cortar los infinitos abusos que se cometen en la ciudad. ¡Y Mike, no te engaño, ha sido una figura decorativa!

—Es enemigo de la violencia.

—Eso no es cierto. El pasado de Mike, y lo sé por personas que le conocieron muy lejos de aquí, fue sumamente turbulento. ¡Un hombre de pasquín! —Dijo Gregory.

—Lo sé perfectamente, papá. ¡Pero no fue el responsable!

—Eso es lo que él dice...

—Y lo que el gobernador pudo comprobar... De otra forma, ¿crees que el gobernador le hubiera ayudado en la forma que lo hizo?

—Pienso que el gobernador, que es un sentimental, debió dejarse engañar.

—Mike es un muchacho que jamás miente.

—Te dejas llevar por tus simpatías hacia él.

—Te aseguro, papá, que de no estar convencida de que es un gran muchacho jamás le habría defendido.

—Lo haces a pesar de saber que no me aprecia mucho.

—Él no me ha hablado mal de ti. Pero tú nunca has sentido simpatía hacia él... ¿Por qué razón?

—Porque no me ha gustado. No puedo admitir que quien haya vivido al margen de la ley, la represente por capricho del gobernador.

—Puedo asegurarte que si el gobernador ha confiado en él, es porque estaba seguro de que no le decepcionaría, como así ha sido.

—Ya veremos qué es lo que sucede mañana...

—Confías en el triunfo de Samy Donttas, ¿verdad?

—No es que confíe, puesto que no ignoro qué Mike goza de muchas más simpatías que Samy, pero me gustaría que fuese nuestro nuevo sheriff.

—Se dice que Samy Donttas es un pistolero y un profesional del naipe.

—No hagas caso de las malas lenguas. ¿Quién te lo ha dicho?

—Mike.

—Es lógico que Mike trate de desacreditar a su oponente.

—Insisto, papá, que Mike es incapaz de mentir.

—Pues te aseguro, y hablo por quienes conocen desde hace muchos años a Samy, que es una buena persona. ¡Hombre de temperamento impulsivo, pero noble y honrado!

—De ser así, me sorprende mucho que Mike hable en la forma que lo hace sobre él. Claro que ha podido ser mal informado...

—Mike, ¿te ha hablado alguna vez sobre mí?

—Ya te he dicho que no.

—¿Y no le has preguntado jamás la razón por la que no me estima?

—Yo creo que en el fondo te aprecia.

—Puedo asegurarte que no es así. Además, últimamente ha tenido un gran interés en averiguar cosas sobre mi vida anterior.

—No sabía nada... —comentó Sally, sorprendida—. ¿Es eso cierto?

—Puedes preguntárselo a él...

Al reunirse Joe con ellos, hablaron de otros temas.

Y como era lógico, la conversación recayó sobre la muerte de los cuatro pistoleros.

—Ha sido una verdadera sorpresa para todos, tu admirable habilidad con las armas. Es increíble —comentó Gregory.

—En realidad esos hombres no eran tan peligrosos como se les creía... Debían gozar de una fama injusta —replicó Joe.

—Puedo asegurarte que eran muy temidos en todo Wyoming.

—En ese caso, confío que con sus muertes haya prestado un grandísimo servicio a toda la sociedad —agregó Joe.

—Puedes estar seguro de ello.

Sin dejar de hablar, los tres cenaron juntos... Y al finalizar, mientras tomaban café, hablaron del futuro.

—¿Por qué no os quedáis aquí cuando os caséis? —preguntó Gregory.

—Porque debo atender el rancho —respondió Joe.

—Me gustaría teneros a mi lado.

—Confío que pase en el rancho grandes temporadas...

—Si no consigo ser nombrado senador, es posible que me encierre a vuestro lado.

—¡Pues si es así, confío en que no lo consigas! —exclamó Sally.

Gregory, miró con cariño a la hija.

Joe, contemplaba curioso a Gregory, pensaba en cuanto Mike le había dicho sobre él. Y después de mucho pensar en el comportamiento de aquel hombre para su hija y con él, llegó a la conclusión de que Mike debía estar mal informado. Le costaba mucho creer que aquel hombre fuese un malvado.

Después de mucho hablar, Gregory y Joe, abandonaron la casa para ir hasta la ciudad. Joe, después de echar un trago en compañía de su futuro suegro, se retiró a descansar.

Mike, que le esperaba en las proximidades del hotel, se reunió con él.

—No debiste provocar a esos hombres y exponer tu vida —censuró Mike, después de saludarse—. ¡Yo me hubiera encargado de ellos!

—Si me decidí a actuar, es porque temía que pudieran sorprenderte por la espalda. ¡Resultaron inofensivos!

—Has prestado un gran servicio a Wyoming. Daisy me ha contado que al fin Gregory ha accedido a vuestra boda. ¡Mi más cordial enhorabuena!

—Estaba seguro de que le convencería.

Sin dejar de hablar se dirigieron hacia el local de Daisy.

Esta les recibió con agrado y simpatía.

Se sentaron a una mesa, donde siguieron hablando.

—Escucha... Quiero que me hables del padre de Sally —pidió Joe, de pronto—. Me cuesta creer cuanto me dijiste ayer sobre él. ¿Estás seguro que es una mala persona?

—Es en verdad un miserable —respondió Mike.

—¿Qué has averiguado para afirmar de forma tan categórica algo tan delicado?

—Muchas cosas.

—Háblame de ellas, por favor...

Mike, complaciendo la curiosidad del amigo,

habló durante muchos minutos sobre cuanto había conseguido averiguar acerca del pasado de Gregory Rodney.

—¿Lo has comprobado? —preguntó Joe, al dejar de hablar el amigo.

—Espero a una persona, que llegará de un momento a otro de Denver, para confirmar mis sospechas.

—¿No existe una sola posibilidad de que pudieras estar equivocado?

Mike observó con enorme tristeza al amigo, respondiendo:

—Sabiendo lo que ello supondría para ti, me gustaría estar equivocado.

—Pero no es así, ¿verdad?

—Es lo que temo.

—Si en efecto eres tú el que está en lo cierto, me asusta la reacción de Sally cuando se entere. ¡Tiene un concepto de su padre totalmente opuesto!

—Si consigo confirmar mis sospechas, hablaré contigo para que a tu vez lo hagas con Gregory. ¡Le daré la oportunidad de alejarse de aquí!

—Te lo agradeceré. ¿Quién es esa persona a la que esperas de Denver?

—Un agente federal que anduvo por Colorado hace veinte años. Es muy posible que conociera a Gregory y a su socio.

Muy avanzada la noche, se retiraron a descansar.

Joe, dando vueltas a su conversación con Mike, no consiguió conciliar el sueño en toda la noche.

Al día siguiente, con las elecciones para sheriff, la ciudad estaba animadísima. Toda la ciudad esperaba impaciente el resultado de las elecciones, confiando en el triunfo de su candidato.

Joe, tan pronto se levantó, se marchó al local de Daisy, donde Mike le esperaba.

—¿Se tiene alguna noticia sobre las elecciones? —preguntó Joe.

—Se comenta que llevo ventaja —respondió Mike.

—No confíes demasiado hasta que no se sepa con total seguridad el resultado del escrutinio general —dijo Daisy.

—De no ser por el gobernador, no me hubiera presentado a estas elecciones, nunca. Empiezo a estar harto de estar rodeado de tanta delincuencia —comentó Mike.

—Quien estará impaciente será mi hermana... —comentó Joe—. ¡Está deseando que te derroten!

—¡Pobre Nora! —Exclamó Mike, con tristeza—. ¡Cuánto la estoy haciendo sufrir!

—¡Porque quieres! ¡No debiste hacer caso al gobernador —replicó Daisy

Joe escuchando a Daisy sonreía, pensando que acababa de decir una gran verdad.

—Es tanto lo que debo a ese hombre, que no puedo defraudarle... Gracias a él, puedo aspirar a ser feliz al lado de Nora... Si no me hubiese ayudado, a pesar de ser inocente, sería un hombre de pasquín —replicó Mike.

Joe, pensando que esto también era cierto, justificó la actitud del amigo.

Conversando entre los tres, pasaron las horas.

Sally se reunió con ellos, marchando los cuatro a comer.

Comían animadamente, cuando Sally de pronto, dijo:

—Por fin, Mike, he conseguido averiguar la razón por la que mi padre no te aprecia. No admite que quien haya vivido al margen de la ley, la represente.

—Lo comprendo perfectamente. Son muchos a los que no les agrada mi pasado. Fue bastante turbulento —replicó Mike.

Guardaron silencio al fijarse en una joven muy bonita, que sonriéndoles, caminaba hacia ellos.

—¡Nora...! —Exclamó Mike, loco de alegría, al tiempo de levantarse con rapidez y salir al encuentro de aquella joven.

Segundos después los dos se fundían en un fuerte abrazo, besándose con cariño y amor.

Daisy, Sally y Joe, contemplándoles, sonreían comprensivos.

—Pero... ¿Por qué no me avisaste que vendrías? —preguntaba Mike.

—He querido darte esta sorpresa...

Sally y Daisy besaron a la joven, así como su hermano.

—¿Confías en el triunfo? —preguntó Nora.

—Temo ser reelegido nuevamente...

—Vengo de hablar con el gobernador —informó Nora.

Todos la contemplaron con asombro.

—¿Vienes de Cheyenne? —preguntó Joe.

—Así es... —Respondió Nora—. Tenía que hablar con el gobernador para poder comprender la actitud de Mike. ¡Y lo gracioso es que me ha convencido!

—¿Quieres explicarte...? —Preguntó Mike, sin poder ocultar la alegría—. ¿Qué significa el que te ha convencido?

—Pues que me ha convencido para casarme contigo aunque seas reelegido sheriff.

Mike, loco de alegría, volvió a abrazar a la joven, exclamando:

—¡Me haces el hombre más feliz de cuantos puedan existir!

—He tenido que reconocer, después de escuchar al gobernador, que yo estaba muy equivocada.

—Si es así, salga o no reelegido Mike, nos casaremos el mismo día. ¿Qué os parece? ¡Dentro de un par de semanas! —dijo Sally.

Nora miró con alegría a la prometida de su hermano, preguntando:

—¿Ha accedido tu padre a vuestra boda?

—¡Sí! —respondió Sally.

—¡Es la mejor noticia que podíais darme! —exclamó Nora, aproximándose a Sally y a su hermano, abrazándoles.

Daisy, gozando con la felicidad de sus amigos, sonreía satisfecha.

Regresaban los cinco hacia el local de Daisy, cuando Mike, al fijarse en tres vaqueros que caminaban hacia ellos, dijo:

—¡Separaos de mí! ¡Cuidado, Joe, con esos tres!

—¿Quiénes son? —preguntó Joe, después de contemplar a los indicados.

—Pertenecen a un equipo de cuatreros. ¡Los tres me odian hace tiempo!

En esos momentos, aquellos tres hombres, deteniéndose frente a ellos, sonrieron de forma especial mientras les contemplaban.

—Hola, Mike —dijo uno de los tres—. ¿Nos recuerdas?

—Perfectamente.

—Pero sin duda, no imaginas a qué hemos venido, ¿verdad?

—Conociéndoos como os conozco, sospecho que a nada bueno...

—Al menos para ti, puedes asegurarlo —replicó otro—. ¡Después de tanto tiempo, hemos decidido venir a terminar contigo!

Nora se impresionó al igual que Sally y Daisy.

—Demasiado cobardes para intentarlo...

Sin más comentarios, aquellos tres hombres, demostrando que no habían mentido, intentaron utilizar sus armas.

Joe y Mike, disparando al unísono, terminaron con ellos.

Cuando los tres vaqueros se desplomaban sin vida, Nora comentó:

—¡No me resultará fácil adaptarme a la vida que me espera a tu lado!

Capítulo 10

Caía la tarde, cuando el herrero entró en el local de Daisy, gritando loco de alegría:

—¡Has triunfado, Mike! ¡Te han reelegido sheriff!

Mike miró hacia Nora, que sonriéndole, le dijo:

—¡Enhorabuena, cariño!

Los dos se abrazaron.

Segundos después, todos los reunidos felicitaban entusiasmados a Mike.

—¡Todos a beber! —Exclamó Daisy—. ¡La casa invita!

Los clientes de Daisy celebraron con alegría el triunfo de Mike.

Por el contrario, una gran decepción se había apoderado de John Jones y de todos los propietarios de locales, que confiaban en el triunfo de Samy.

—No hay duda que todos los errores de Abraham y sus hombres, nos han perjudicado mucho —comentó Samy, decepcionado.

—¡Puedes asegurarlo...! ¡Con sus cobardías hicieron de Mike un héroe! —Exclamó John Jones.

—Ahora tendremos que tener mucho cuidado con Mike —agregó otro—. ¡Me asusta el hecho de que haya decidido utilizar la violencia!

—Tendremos que pensar en algo para deshacernos de él —dijo John.

—Lo mejor sería que Samy le provocara.

El aludido miró con detenimiento a quien había hablado, replicando con sinceridad:

—¡No esperéis de mí semejante locura!

—¿Confiesas tu miedo? —preguntó John, muy serio.

—Pues la idea de enfrentarme a él me aterra... —contestó Samy.

—Jamás sospeché que podría oírte confesar nada parecido —replicó John, en tono muy despectivo.

—Por mucho que te sorprenda, tendrás que reconocer que sería una locura que me enfrentara a Mike.

—Samy está en lo cierto —dijo uno.

John, reconociendo que era un temor sensato, dijo:

—Mientras pensamos en la forma de poder deshacernos de él, dad instrucciones a los muchachos para que no se altere el orden por causa del juego. Hemos de evitar que Mike prohíba el juego.

En la fecha señalada, Sally y Nora, contraían matrimonio con Joe y Mike.

El gobernador, demostrando su gran cariño hacia Mike, se presentó en Laramie para apadrinarle.

Y tan pronto como finalizó la ceremonia, después de desear dicha y felicidad a los dos matrimonios, el gobernador regresó a Cheyenne.

El banquete se celebró en el rancho de Gregory Rodney.

Este, que había pasado unos momentos

realmente incomodos con la presencia del gobernador, disfrutó después de su marcha, con la felicidad de su hija.

Al día siguiente, las dos parejas salieron de Laramie, en dirección a Medicine Bow, donde acordaron estar una semana.

Los ayudantes nombrados por Mike, se encargarían de mantener la ley y el orden en la ciudad.

Ese mismo día, a la caída de la tarde, un forastero de edad avanzada entró en el local de Daisy y aproximándose a la joven, le preguntó:

—¿Daisy?

La joven observó a aquel hombre, respondiendo:

—Ese es mi nombre.

—El mío es Richard Willow.

—¿El inspector Richard Willow de los federales?

—El mismo... Vengo de la oficina de Mike y uno de sus ayudantes me ha dicho que hablase contigo. ¿Es que Mike te ha dejado algún encargo para mí?

—Una carta. Espere un minuto.

Y Daisy, saliendo del mostrador, entró en sus habitaciones privadas, regresando a los pocos minutos con un sobre en sus manos que entregó a aquel hombre.

Richard Willow, después de leer la carta, preguntó a Daisy:

—¿Querrás indicarme quiénes son Gregory Rodney y John Jones?

—Desde luego... Aunque será preferible que le acompañe un amigo. No me resulta agradable la idea de entrar en el local de John Jones.

—Como quieras. Pero procura que ese amigo sea de toda confianza y sobre todo que no haga preguntas...

—De acuerdo... Es de toda confianza.

Segundos después, Daisy presentaba al herrero al inspector.

Richard Willow, acompañado por el herrero, se dirigió al Laramie-Saloon... Una vez en el interior del local, se apoyaron en el mostrador.

El herrero, con mucho disimulo, indicó al inspector quiénes eran las dos personas que le interesaban.

Richard Willow, después de observar durante varios minutos a Gregory Rodney y a John Jones, finalizó por sonreír de forma especial.

Acababa de reconocer en aquellos dos hombres, a las mismas personas que había conocido hacía años por Colorado, aunque con diferentes nombres.

Al finalizar el whisky, se dirigieron hacia la puerta de salida.

John Jones, de forma casual, al fijarse en el acompañante del herrero, palideció intensamente.

Y buscando a Gregory, se reunió con él, diciéndole:

—¿Te has fijado en el acompañante del herrero?

—No... —respondió Gregory, que al ver la lividez que cubría el rostro del amigo, agregó—: ¿Qué te sucede?

—¡Estamos perdidos si es que nos ha reconocido! —replicó John, con voz sorda y sinceramente impresionado.

—Déjate de misterios y dime quién crees era el acompañante del herrero.

—¡El agente Richard Willow de Denver!

Gregory Rodney, cerrando impresionado sus ojos y palideciendo de forma intensa, exclamó:

—¡No es posible! ¡Richard Willow murió hace años!

—¡Te aseguro que acabo de verle en compañía del herrero!

—¡Comprueba que no estás en un error!

John Jones, obediente, abandonó el local.

Minutos más tarde volvía a reunirse con Gregory, que le esperaba muy impaciente, diciendo:

—¡Es Richard Willow!

Totalmente desconcertado, Gregory permaneció durante varios segundos en completo silencio.

—¡Si nos ha reconocido, estamos completamente perdidos! —agregó John.

—¡Debes serenarte...! —Ordenó Gregory—. Hay que averiguar dónde se hospeda. ¡Mañana cuando amanezca debe aparecer sin vida!

—Me encargaré personalmente de averiguar dónde se hospeda.

—¡Y de matarle! ¡No podemos fiarnos de nadie para ese trabajo! —Agregó Gregory.

—¿Me ayudarás tú?

—¡Desde luego...!

John Jones volvió a salir del local.

Pensaba que estaría en el local de Daisy y se dirigió hacia allí, comprobando con gran satisfacción que el federal estaba allí.

Minutos más tarde fue a buscar a Gregory.

—¿Está en compañía de Daisy? —preguntó Gregory.

—Sí.

—¡Hay que terminar con él esta misma noche! —replicó Gregory.

Ambos salieron por la puerta trasera y se dirigieron al local de Daisy. John comprobó con mucho cuidado a través de la ventana… Estaba allí, hablando con Daisy. Se estaban riendo.

Para que su presencia allí no sorprendiera a los transeúntes, se pusieron a caminar como si pasearan.

Una hora más tarde decía John:

—¡Ahí sale! ¡Fíjate en él!

Gregory observó al indicado, diciendo:

—¡No hay duda, John! ¡Es Richard Willow!

Sin más comentarios caminaron tras el federal.

Aprovechando la obscuridad de la noche, se iban aproximando a él. Cada uno llevaba en sus manos un enorme cuchillo.

Richard Willow, sin sospechar que pronto perdería la vida, caminaba tranquilo.

Gregory y John, sin darse cuenta que había un testigo de su crimen, atacaron a su víctima.

Tan pronto como clavaron sus cuchillos en el cuerpo del federal, se alejaron de allí apresuradamente.

El testigo del crimen, que les reconoció perfectamente, temblaba bien oculto en su escondite.

Y cuando se alejaron, se dirigió a su casa, comentando con su esposa lo que había presenciado.

—¿Estás seguro que eran Gregory Rodney y John Jones?

—¡Les vi perfectamente!

—No lo comprendo. ¿Quién era la víctima?

—No lo sé. ¿Crees que debo hablar con los ayudantes de Mike?

—Sería preferible que esperases a que regrese él.

—¡Qué cobardes!

Al día siguiente, los ayudantes de Mike, al registrar el cadáver y comprobar su identidad, se preocuparon.

—Sin duda ha muerto a manos de quienes persiguiese —comentó uno.

Al llegar la noticia al local de Daisy ésta palideció. Pero no hizo el menor comentario, aunque sospechaba quiénes eran los autores de aquel horrible crimen.

Lamentaba sinceramente que no estuviera Mike. Y al pensar en él, decidió dirigirse hacia Medicine Bow para informarle de lo sucedido.

El testigo del crimen, al saber quién era la víctima y oír que era amigo de Daisy, se marchó a visitarla.

—¿Es cierto que ese federal que asesinaron era amigo tuyo? —preguntó.

—En efecto, Kane...

—Yo presencié el crimen —dijo en voz muy baja.

Daisy, con los ojos muy abiertos, contempló a aquel hombre.

—¿Es eso cierto, Kane? —preguntó con enorme alegría.

—Sí.

—¿Reconociste a los asesinos?

—Sí.

—¿Quiénes fueron?

—Gregory Rodney y John Jones...

—¡Lo sospechaba! —Exclamó Daisy—. ¿Has hablado con alguien de esto?

—No. Esperaba a que regrese Mike.

—¡Yo le informaré! ¡Procura no comentarlo con nadie!

Minutos después Daisy montaba a caballo.

Mientras tanto, Gregory Rodney y John Jones, se presentaron en la oficina del sheriff.

Los ayudantes de Mike les saludaron con respeto.

—¿Qué se sabe de los asesinos de ese federal? —preguntó Gregory.

—Nada, mister Rodney. No existe un solo testigo—respondió uno de los ayudantes.

—¡Es una lástima lo que sucede en esta ciudad! ¡Deben investigar hasta dar con esos cobardes asesinos...! —replicó Gregory.

—Hacemos cuanto podemos —replicó el otro ayudante de Mike—. Pero no tenemos una sola pista. ¡Ni siquiera sabemos a quiénes perseguía!

—¿Has hablado con Daisy? —Les preguntó John—. Me han dicho que era un amigo de esa muchacha.

—Lo hemos hecho, mister Jones. Pero Daisy ignoraba lo que buscaba.

Cuando salían de la oficina, mirándose en silencio, sonreían muy complacidos.

Daisy tardó cuatro horas en recorrer las cincuenta y siete millas que había de distancia desde Laramie a Medicine Bow.

Su visita sorprendió a los cuatro jóvenes.

Y sin tener en cuenta la presencia de Sally, les informó de lo que había sucedido.

Sally, impresionada por lo que escuchaba, se abrazó a su esposo, diciendo mientras lloraba:

—¡No es posible que mi padre sea un asesino!

—Lo siento, Sally, pero hace mucho tiempo que sé lo canalla que siempre fue tu padre... Y aunque me duela por ti, no tengo más remedio que cumplir con mi deber, deteniéndole —replicó Mike.

Y Mike se marchó a preparar su caballo.

—Espera, Mike... —dijo Joe—. Te acompañaré.

Sally, abrazando nuevamente al esposo, le suplicó:

—¡Ayuda si puedes a mi padre!

—¿Nos acompañas, Daisy? —preguntó Mike.

—Estoy rendida —respondió Daisy—. Prefiero quedarme con vuestras esposas. De paso informaré a Sally la clase de persona que fue su padre. El inspector Richard Willow, me dio una amplia información de los infinitos delitos que cometió en compañía de su socio John Jones... ¡Si hubiera llegado a senador, Wyoming hubiera tenido que sentir! ¡Gregory Rodney y su socio John Jones, no son más que dos facinerosos indeseables, que recorrieron paso a paso, toda la escala del mal!

Sally, llorando sin consuelo, suplicó:

—¡Daisy, por favor, cállate!

Nora abrazó a la esposa de su hermano, intentando consolarla.

Mike y Joe se pusieron en camino.

Cuando se alejaban del rancho, preguntó Joe:

—¿Qué harás con el padre de Daisy?

—¡Le colgaré del lugar más visible de Laramie!

—Habías prometido...

—¡Recuerda que la promesa que te hice fue mucho antes de que asesinaran a ese buen hombre! Ha dado la vida por ayudarme.

Joe guardó silencio unos instantes, para decir:

—¡Creo que tienes razón!

Después de estos comentarios, realizaron todo el viaje en total silencio... Ya caía la tarde entraron en Laramie.

Se dirigieron directamente hacia la oficina de Mike. Sus ayudantes, sorprendidos, les saludaron.

—¿Habéis conseguido averiguar algo sobre la muerte de Richard Willow?

Esta pregunta sorprendió a sus ayudantes, que después de mirarse entre sí, muy sorprendidos, preguntó uno:

—¿Cómo te has informado de esa muerte?

—Daisy ha ido hasta Medicine Bow a comunicárselo. ¡Avisad a Kane para que venga a verme!

Cuando minutos más tarde entraba Kane, Mike le preguntó:

—¿Estás totalmente dispuesto a acusar a Gregory Rodney y a John Jones del crimen de Richard Willow?

—¡Lo estoy! respondió Kane.

Los ayudantes de Mike, miraban a Kane, muy sorprendidos. Uno de ellos, preguntó:

—¿Es que presenciaste el crimen?

—Sí.

—¿Cómo no nos dijiste nada?

—Preferí esperar a vuestro jefe.

Puestos de acuerdo, se dirigieron hacia el Laramie-Saloon.

Cuando se aproximaban al local, escucharon varios disparos procedentes del mismo.

A un cliente que salía en esos momentos, Mike le preguntó:

—¿Qué han sido esos disparos?

—Un hombre llamado Dayton Stone, al parecer muy amigo de John Jones, acaba de asesinar a Samy Donttas, cuando éste discutía con dos de sus hombres.

Sin más preguntas, Mike se encaminó hacia la puerta de entrada... Seguido por Joe, Kane y sus ayudantes, irrumpió en el saloon.

Todos los reunidos, después de presenciar el crimen de Samy Donttas permanecían en silencio todavía.

Seguían mirando a Dayton Stone.

—No has debido disparar por la espalda, Dayton —decía Gregory.

—¡Ese pistolero era muy rápido e iba a matar a mis hombres...! ¡Tenía que impedirlo como fuese! —exclamó Dayton.

—¡Ha sido un crimen que merece un castigo ejemplar! —exclamó uno de los testigos, al reaccionar de la impresión que le causó el crimen de Samy.

Capítulo Final

Los dos hombres de Dayton Stone, se enfrentaron al que había hablado, preguntando uno de ellos con voz amenazante:

—¿Es que no ha presenciado que ese pistolero tenía las manos apoyadas en sus armas cuando nos provocaba dispuesto a disparar sobre nosotros?

—¡Samy no os hubiera matado! ¡Además, fuisteis vosotros lo que le provocasteis!

—¡Silencio! —ordenó Mike que acababa de entrar.

Los reunidos miraron hacia Mike, con alegría.

Dayton Stone y sus hombres, al reconocer al sheriff, quedaron preocupados. Sabían que desde hacía un tiempo el sheriff, no se limitaba a detener para que hubiese juicio, sino que ejecutaba.

—¡Debe hacer justicia, sheriff! —gritó uno de los reunidos—. ¡Samy Donttas ha sido asesinado por la espalda por ese cobarde!

Dayton Stone, mirando fijamente a Mike, respondió:

—Cierto que disparé por la espalda. Pero no tuve más remedio que hacerlo para evitar que a su vez asesinara a mis hombres.

Mike, mirando a sus ayudantes, les ordenó:

—¡Llevaos a ese hombre y encerradle!

Los vaqueros de Dayton, enfrentándose a Mike, le dijeron:

—¡No permitiremos que encierre a nuestro patrón por habernos salvado la vida!

—Si os oponéis, entonces os encerraremos a los tres —replicó Mike.

—¡Como quiera, sheriff...! —Exclamó uno de aquellos dos vaqueros—. ¡Si desea ser enterrado con Samy, le complaceremos!

Y acto seguido los dos movieron sus manos con ideas homicidas.

Mike, adelantándose a los propósitos de aquellos hombres, disparó a matar.

Dayton Stone, mirando muy asustado hacia Gregory Rodney y John Jones, gritó:

—¡Debéis evitar que me cuelguen...! ¡Recordad que si maté a Samy fue obedeciendo vuestras instrucciones!

Gregory y John, palidecieron intensamente.

Una exclamación de completo asombro, que brotó de forma instintiva del pecho de los reunidos, se escuchó en el local.

—¡Tres cuerdas! —pidió Mike.

—¿Qué te propones? —preguntó Gregory, asustado.

—Colgaros a los tres —respondió Mike—. Dayton Stone por haber asesinado a Samy Donttas... ¡Y a vosotros, por el crimen del inspector Richard Willow!

—¡Eso es falso! —Gritó Gregory, con desesperación.

—¡Yo presencié vuestro crimen! —exclamó

Kane.

Gregory y John, con desesperación, sabiendo que estaban perdidos, intentaron utilizar sus armas.

Los testigos quedaron admirados de la rapidez de Mike que había matado a los dos sin que éstos hubiesen podido llegar a acariciar sus armas.

Cuando se desplomaban sin vida, Mike miró hacia Joe, diciéndole:

—¡Espero que Sally lo comprenda...!

—No temas, Mike... —replicó Joe—. Cuando sepa la verdad sobre su padre, se dará cuenta que merecía morir por todo el daño que ha hecho y que todavía seguía haciendo. Pero aunque no fuese así, tú has cumplido con tu deber.

Pasado un año, Mike pensó que ya estaba todo en orden. Había cumplido su misión. Era hora de dejar la placa. Tenía fecha para ello porque siguiendo sus deseos, iba a haber elecciones anticipadas... Solo se presentaba un candidato y tenía la aprobación de Mike. Y fue elegido.

Cuando le estaba poniendo la placa de cinco puntas, el nuevo sheriff le pidió consejo. Mike le dijo que nunca la gratitud de un sheriff hacia alguien, debía de interferir con su trabajo.

FIN

¡Visite LADYVALKYRIE.COM
para ver todas nuestras publicaciones!

¡Visite COLECCIONOESTE.COM
para ver todas nuestras novelas del Oeste!

Made in United States
Orlando, FL
06 December 2024

55070469R00069